現學現用！完熟

日語動詞變化

일단 써보자！일본어 동사 기초 활용 연습장

基礎篇

作者　Darakwon出版部　　監修　田中美由希　　譯者　關亭薇・劉建池

現學現用！完熟日語動詞變化：基礎篇
（附QRCode線上音檔）

作　　者：Darakwon出版部
監　　修：田中美由希
譯　　者：關亭薇、劉建池
編　　輯：巫文嘉
校　　對：巫文嘉
封面設計：曾晏詩
內頁排版：簡單瑛設
行銷企劃：張爾芸

發 行 人：洪祺祥
副總經理：洪偉傑
副總編輯：曹仲堯
法律顧問：建大法律事務所
財務顧問：高威會計師事務所

出　　版：日月文化出版股份有限公司
製　　作：EZ叢書館
地　　址：臺北市信義路三段151號8樓
電　　話：(02) 2708-5509
傳　　真：(02) 2708-6157
客服信箱：service@heliopolis.com.tw
網　　址：www.heliopolis.com.tw
郵撥帳號：19716071日月文化出版股份有限公司

總 經 銷：聯合發行股份有限公司
電　　話：(02) 2917-8022
傳　　真：(02) 2915-7212

印　　刷：中原造像股份有限公司
初　　版：2023年 4 月
定　　價：330元
I S B N：978-626-7238-50-9

現學現用！完熟日語動詞變化．基礎篇 /Darakwon 出版部作；關亭薇，劉建池譯．-- 初版．-- 臺北市：日月文化出版股份有限公司，2023.04
面；　公分．-- (EZ Japan)
譯自：일단 써보자！일본어 동사 기초 활용 연습장
ISBN 978-626-7238-50-9（平裝）
1.CST: 日語　2.CST: 動詞
803.165　　112001448

序言

在學習外語的過程中，任誰都有可能碰上一堵高牆。而學日語時，會碰上什麼樣的高牆呢？眾多學習者一致認為最困難的就是「動詞的變化」。為什麼有那麼多動詞要學？每個動詞的變化怎麼都不一樣呢？不同語尾還要搭配不同的變化方式，光是看變化規則也難以搞懂用法。即便認真背下所有規則，在需要使用動詞的時候，仍無法馬上準確應用。

《現學現用！完熟動詞變化：基礎篇》列出能夠現學現用的句子，讓學習者反覆練習。書中精選出日語學習者一定要記下的 80 個基礎動詞，並收錄 11 種動詞基礎變化方式，幫助學習者透過本書，自然而然地上手。為減輕學習者的負擔，書中嚴選許多淺顯易懂的句子，同時附上豐富的實用單字和表現，隨時都能直接拿出來應用。

學習外語如同蓋房子般，唯有推倒不必要的高牆，打下紮實的根基，才能鞏固自身的實力。動詞變化和詞彙為日語學習的基礎，若能透過本書充分學習，讓自己如同本能般善於應用，往後的日語學習之路將會走得更加平順。

Darakwon 出版部

本書的架構與學習方式

搞懂日語動詞

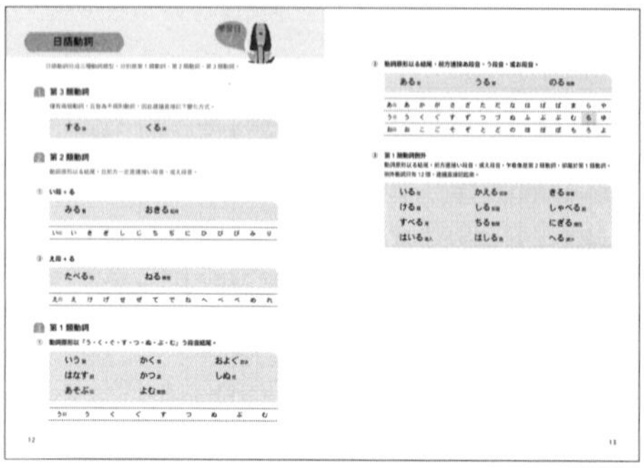

• 平假名＆片假名

確認是否充分了解日語的基礎：平假名和片假名。

• 日語動詞

了解日語動詞的特色。

• 日語動詞的基本變化方式

學習動詞的基本變化方式，包含ます形（ます・ました・ません・ませんでした）、ない形（ない・なかった）、て形、意向形、可能形、たい形。學習其接續用法和意思，並藉由 MINI TEST，確認是否確實理解用法。

日語動詞變化練習

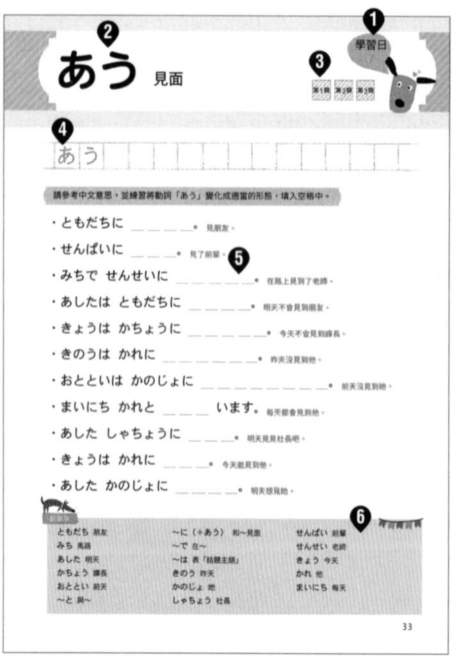

❶ 寫下學習的日期。每天學習一個章節，也可以加快進度，一次學習數個章節。重點在於每日的實踐，逐步達成目標。

❷ 確認今日要學習的動詞和其意思。此處以平假名標示，方便學習者一看就能順利唸出來。

※ 本書收錄的 80 個動詞為 JLPT（日本語能力試驗）N5 程度的動詞，可透過書末的「一目瞭然動詞分類（p.196）」查詢。

❸ 思考該動詞屬於第 1 類、第 2 類、還是第 3 類動詞，並在此處標記。

❹ 請多次練習寫下動詞，把字的外形和意思都儲存至腦海中。

❺ 查看中文意思後，填入正確的動詞變化，完成句子。

※ PART1 列出的動詞基礎變化方式總共有 11 種，若按照動詞的意思，無法變化成該形態時，則會省略練習題。

❻ 最下方整理出句中出現的單字。請於熟悉動詞和變化方式後，再背誦下方單字。背完所有單字後，請試著思索整句話的完整意思為何。透過重複列出單字，有助於學習者自然而然熟記。單字的漢字寫法請參照附錄的「一目瞭然單字索引（p.199）」。

※ 看完本書後，可學會約 80 個 JLPT N5 程度的動詞。

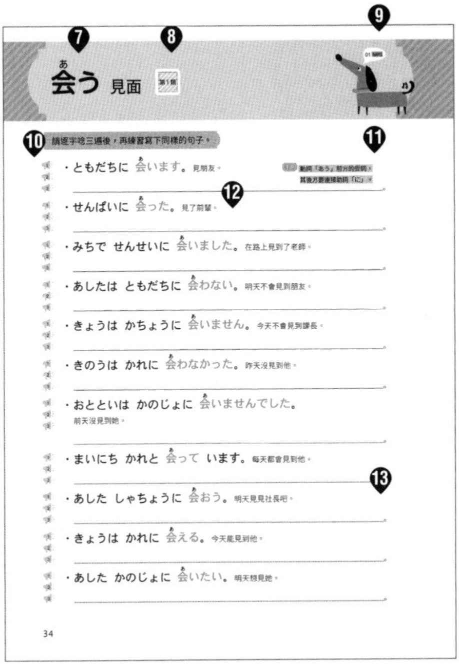
会う 見面 第1類

請邊字唸三遍後，再練習寫下同樣的句子。

・ともだちに 会います。見朋友。

TIP 動詞「あう」前方的假名，其後方要連接助詞「に」。

・せんぱいに 会った。見了前輩。

・みちで せんせいに 会いました。在路上見到了老師。

・あしたは ともだちに 会わない。明天不會見到朋友。

・きょうは かちょうに 会いません。今天不會見到課長。

・きのうは かれに 会わなかった。昨天沒見到他。

・おとといは かのじょに 会いませんでした。前天沒見到她。

・まいにち かれと 会って います。每天都會見到他。

・あした しゃちょうに 会おう。明天見見社長吧。

・きょうは かれに 会える。今天能見到他。

・あした かのじょに 会いたい。明天想見她。

34

❼ 動詞中也時常出現漢字，若動詞中包含漢字，請一併熟記。

❽ 確認先前標記的動詞類型是否正確。

❾ 右上角的標示為音軌編號。EZ Course 官網提供 MP3 音檔，方便讀者邊聽各句子的音檔，邊熟悉正確的讀音。

❿ 請先開口唸三遍後，再進行句子書寫練習。

⓫ 需要補充說明的句子旁邊會附上 TIP 提示說明。

⓬ 在此確認先前練習時，填寫的動詞變化是否正確，同時確認整句話的意思。

⓭ 思考列出的句子的中文意思，並跟著練習寫一遍。

活用 EZ Course 線上學習小幫手

生活情境例句朗讀 MP3

掃描 QRCode 進入 EZ Course 官網，通過讀者認證後，即可收聽全書朗讀 MP3 音檔，跟隨音檔開口跟讀，練就聽解與口語能力。同時動手書寫例句，加強書寫能力。

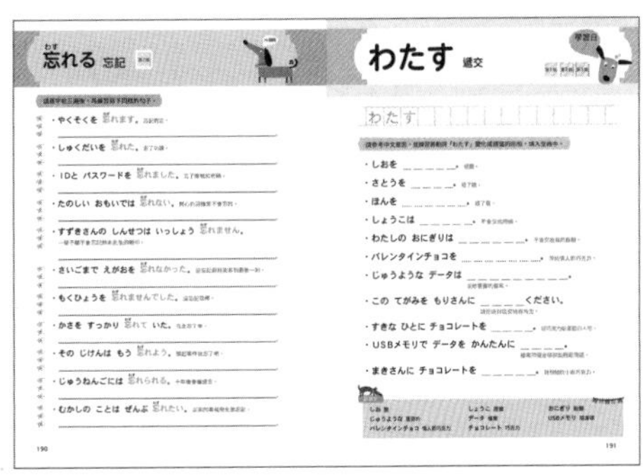

目次

附錄

PART 1

搞懂日語動詞

平假名＆片假名

日語動詞

日語動詞的基本變化方式

平假名＆片假名

平假名

	あ行	か行	が行	さ行	ざ行	た行	だ行
あ段	あ a	か ka	が ga	さ sa	ざ za	た ta	だ da
い段	い i	き ki	ぎ gi	し shi	じ zi	ち chi	ぢ zi
う段	う u	く ku	ぐ gu	す su	ず zu	つ tsu	づ zu
え段	え e	け ke	げ ge	せ se	ぜ ze	て te	で de
お段	お o	こ ko	ご go	そ so	ぞ zo	と to	ど do

片假名

	ア行	カ行	ガ行	サ行	ザ行	タ行	ダ行
ア段	ア a	カ ka	ガ ga	サ sa	ザ za	タ ta	ダ da
イ段	イ i	キ ki	ギ gi	シ shi	ジ zi	チ chi	ヂ zi
ウ段	ウ u	ク ku	グ gu	ス su	ズ zu	ツ tsu	ヅ zu
エ段	エ e	ケ ke	ゲ ge	セ se	ぜ ze	テ te	デ de
オ段	オ o	コ ko	ゴ go	ソ so	ゾ zo	ト to	ド do

な行	は行	ば行	ぱ行	ま行	や行	ら行	わ行	
な na	は ha	ば ba	ぱ pa	ま ma	や ya	ら ra	わ wa	ん n
に ni	ひ hi	び bi	ぴ pi	み mi		り ri		
ぬ nu	ふ fu	ぶ bu	ぷ pu	む mu	ゆ yu	る ru		
ね ne	へ he	べ be	ぺ pe	め me		れ re		
の no	ほ ho	ぼ bo	ぽ po	も mo	よ yo	ろ ro	を o	

ナ行	ハ行	バ行	パ行	マ行	ヤ行	ラ行	ワ行	
ナ na	ハ ha	バ ba	パ pa	マ ma	ヤ ya	ラ ra	ワ wa	ン n
ニ ni	ヒ hi	ビ bi	ピ pi	ミ mi		リ ri		
ヌ nu	フ fu	ブ bu	プ pu	ム mu	ユ yu	ル ru		
ネ ne	ヘ he	ベ be	ペ pe	メ me		レ re		
ノ no	ホ ho	ボ bo	ポ po	モ mo	ヨ yo	ロ ro	ヲ o	

日語動詞

日語動詞分成三種動詞類型，分別是第 1 類動詞、第 2 類動詞、第 3 類動詞。

1 第 3 類動詞

僅有兩個動詞，且皆為不規則動詞，因此建議直接記下變化方式。

する 做　　　くる 來

2 第 2 類動詞

動詞原形以る結尾，且前方一定是連接い段音、或え段音。

① **い段＋る**

みる 看　　　おきる 起床

い段	い	き	ぎ	し	じ	ち	ぢ	に	ひ	び	ぴ	み	り

② **え段＋る**

たべる 吃　　　ねる 睡覺

え段	え	け	げ	せ	ぜ	て	で	ね	へ	べ	ぺ	め	れ

3 第 1 類動詞

① **動詞原形以「う・く・ぐ・す・つ・ぬ・ぶ・む」う段音結尾。**

いう 說　　　かく 寫　　　およぐ 游泳
はなす 說　　　かつ 贏　　　しぬ 死
あそぶ 玩　　　よむ 閱讀

う段	う	く	ぐ	す	つ	ぬ	ぶ	む

② 動詞原形以る結尾，前方連接あ段音、う段音、或お段音。

ある 有	うる 賣	のる 搭乘

あ段	あ	か	が	さ	ざ	た	だ	な	は	ば	ぱ	ま	ら	や
う段	う	く	ぐ	す	ず	つ	づ	ぬ	ふ	ぶ	ぷ	む	る	ゆ
お段	お	こ	ご	そ	ぞ	と	ど	の	ほ	ぼ	ぽ	も	ろ	よ

③ 第 1 類動詞例外

動詞原形以る結尾，前方連接い段音、或え段音，乍看像是第 2 類動詞，卻屬於第 1 類動詞。例外動詞只有 12 個，建議直接記起來。

いる 在	かえる 回家	きる 切、剪
ける 踢	しる 知道	しゃべる 說
すべる 滑	ちる 散開	にぎる 握住
はいる 進入	はしる 跑	へる 減少

日語動詞的基本變化方式

1 ます・ました・ません・ませんでした

1 變化方式

① 第 3 類動詞

建議直接背起來。

する 做 →
しま す 做
しました 做了
しません 不做
しませんでした 沒做

くる 來 →
きます 來
きました 來了
きません 不來
きませんでした 沒來

② 第 2 類動詞

去掉字尾「る」後，分別加上「ます・ました・ません・ませんでした」。

たべ+る 吃 →
たべ+ます 吃
たべ+ました 吃了
たべ+ません 不吃
たべ+ませんでした 沒吃

③ 第 1 類動詞

把字尾的う段音改成い段音後，分別加上「ます・ました・ません・ませんでした」。

か+う 買→	か+い+ます 買 か+い+ました 買了 か+い+ません 不買 か+い+ませんでした 沒買

う段	~~う~~	~~く~~	~~ぐ~~	~~す~~	~~つ~~	~~づ~~	~~ぬ~~	~~ぶ~~	~~む~~	~~る~~
い段	い	き	ぎ	し	ち	ぢ	に	び	み	り

2 意思

① **～ます**：（將）做～

鄭重的表現，也可以用來表示「較近的未來」。

② **～ました**：做了～

表示過去的鄭重表現。

③ **～ません**：（將）不會～

表示否定的鄭重表現，也可以用來表示「較近的未來」。

④ **～ませんでした**：沒有做～

表示過去否定的鄭重表現。

MINI TEST 1 請練習把動詞連接「ます」和「ました」。

第3類動詞

① する 做 し ま す　し ま し た

② くる 來 ＿ ＿ ＿　＿ ＿ ＿ ＿

第2類動詞

③ ねる 睡覺 ＿ ＿ ＿　＿ ＿ ＿ ＿

④ いる （人、動物等）在、有 ＿ ＿ ＿　＿ ＿ ＿ ＿

⑤ でる 出去 _____ _____

⑥ おきる 起床 _____ _____

⑦ まける 輸 _____ _____

⑧ うまれる 出生 _____ _____

第 1 類動詞

⑨ はなす 說 _____ _____

⑩ よむ 閱讀 _____ _____

⑪ まつ 等待 _____ _____

⑫ およぐ 游泳 _____ _____

⑬ のむ 喝 _____ _____

⑭ かえる 回家 _____ _____

⑮ かつ 贏 _____ _____

⑯ なる 變成 _____ _____

⑰ あそぶ 遊玩 _____ _____

⑱ うる 賣 _____ _____

⑲ はいる 進入 _____ _____

⑳ いく 去 _____ _____

MINI TEST 2 請練習把動詞連接「ません」和「ませんでした」。

第 3 類動詞

① する 做 しません　しませんでした

② くる 來 _____ _____

第 2 類動詞

③ かりる 借入 _____ _____

④ こたえる 回答 _____ _____

⑤ きる 穿著 ＿＿＿＿ ＿＿＿＿＿＿＿

⑥ つかれる 疲累 ＿＿＿＿＿＿＿ ＿＿＿＿＿＿＿＿＿

第 1 類動詞

⑦ しる 知道 ＿＿＿＿＿ ＿＿＿＿＿＿＿＿

⑧ あるく 走 ＿＿＿＿＿＿ ＿＿＿＿＿＿＿＿＿

⑨ ならう 學習 ＿＿＿＿＿＿ ＿＿＿＿＿＿＿＿＿

⑩ しぬ 死 ＿＿＿＿＿ ＿＿＿＿＿＿＿＿

⑪ あそぶ 遊玩 ＿＿＿＿＿＿ ＿＿＿＿＿＿＿＿＿

⑫ たつ 站立 ＿＿＿＿＿ ＿＿＿＿＿＿＿＿

⑬ のる 搭乘 ＿＿＿＿＿ ＿＿＿＿＿＿＿＿

⑭ まつ 等待 ＿＿＿＿＿ ＿＿＿＿＿＿＿＿

⑮ およぐ およぐ ＿＿＿＿＿＿ ＿＿＿＿＿＿＿＿＿

⑯ のむ 喝 ＿＿＿＿＿ ＿＿＿＿＿＿＿＿

⑰ はじまる 開始 ＿＿＿＿＿＿＿ ＿＿＿＿＿＿＿＿＿＿

⑱ はなす 說 ＿＿＿＿＿＿ ＿＿＿＿＿＿＿＿＿

⑲ かく 寫 ＿＿＿＿＿ ＿＿＿＿＿＿＿＿

⑳ ある 有 ＿＿＿＿＿ ＿＿＿＿＿＿＿＿

2 た（だ）・て（で）

1 變化方式

① 第 3 類動詞：建議直接背起來。

する 做→	した 做了
	して 做
くる 來→	きた 來了
	きて 來

② 第 2 類動詞：去掉字尾「る」後，分別加上「た・て」。

たべ+る 吃→　　たべ+た 吃了
　　　　　　　　たべ+て 吃

③ 第 1 類動詞

- 去掉字尾「う・つ・る」後，加上「っ」，再分別加上「た・て」。

か+う 買→　　か+っ+た 買了
　　　　　　　か+っ+て 買

- 去掉字尾「く（ぐ）」後，加上「い」，再分別加上「た（だ）・て（で）」。

か+く 寫→　　か+い+た 寫了
　　　　　　　か+い+て 寫
およ+ぐ 游泳→　　およ+い+だ 游了
　　　　　　　　　およ+い+で 游泳

TIP 動詞「いく」正確的變化為「いって」，不會按照規則變成「いいて」。

- 去掉字尾「す」後，加上「し」，再分別加上「た・て」。

だ+す 拿出→　　だ+し+た 拿出了
　　　　　　　　だ+し+て 拿出

- 去掉字尾「ぬ・ぶ・む」後，加上「ん」，再分別加上「だ・で」。

よ+む 閱讀→　　よ+ん+だ 閱讀了
　　　　　　　　よ+ん+で 閱讀

う段	~~う~~	~~つ~~	~~る~~	~~く~~	~~ぐ~~	~~す~~	~~ぬ~~	~~ぶ~~	~~む~~
	っ			い		し	ん		
	た・て			た・て	だ・で	た・て	だ・で		

2 意思

① **～た**：終止形

表示過去的表現。

② **～て**：中止形

3 應用表現

① **～て います**：正在～

動詞改成て形後，加上「います」，為現在進行式用法、或表示現在的狀態。

② **～て ください**：請～

動詞改成て形後，加上「ください」，表示請求、或輕微命令的語感。

MINI TEST 請練習把動詞連接た和て。

第 3 類動詞

① する 做　した　して

② くる 來　＿＿　＿＿

第 2 類動詞

③ おりる 下（車）　＿＿　＿＿

④ あける 打開　＿＿　＿＿

⑤ おきる 起床　＿＿　＿＿

⑥ でる 出去　＿＿　＿＿

⑦ みる 看　＿＿　＿＿

⑧ ねる 睡覺　＿＿　＿＿

第 1 類動詞

⑨ けす 消除　＿＿　＿＿

⑩ あそぶ 遊玩　＿＿　＿＿

⑪ しる 知道　＿＿　＿＿

⑫ かつ 贏　＿＿　＿＿

⑬ のる 搭乘　＿＿　＿＿

⑭ まつ 等待　＿＿　＿＿

⑮ ぬぐ 脫掉　＿＿　＿＿

⑯ のむ 喝　＿＿　＿＿

⑰ かく 寫　＿＿　＿＿

⑱ しぬ 死　＿＿　＿＿

⑲ はいる 進入 ＿＿＿＿　＿＿＿＿

⑳ いく 去 ＿＿＿　＿＿＿

3 ない・なかった

1 變化方式

① 第 3 類動詞：建議直接背起來。

する 做→	しない 不做
	しなかった 沒做
くる 來→	こない 不來
	こなかった 沒來

② 第 2 類動詞：去掉字尾る後，分別加上「ない・なかった」。

たべ+る 吃→	たべ+ない 不吃
	たべ+なかった 沒吃

③ 第 1 類動詞：把字尾的「う段音」改成「あ段音」後，分別加上「ない・なかった」。注意若為以「う」結尾的動詞，則要改成「わ」，而非「あ」。另外，動詞「ある（有）」不會變化成「あらない」，而是直接用い形容詞「ない（沒有）」表示否定。

い+く 去→	い+か+ない 不去	
	い+か+なかった 沒去	
か+う 買→	か+わ+ない 不買	
	か+わ+なかった 沒買	
あ+る 有→	ない 沒有	なかった 沒有

う段	~~う~~	~~く~~	~~す~~	~~つ~~	~~ぬ~~	~~ぶ~~	~~む~~	~~る~~
あ段	~~あ~~わ	か	さ	た	な	ば	ま	ら

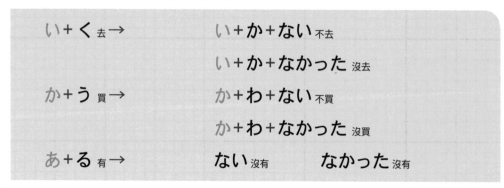

2 意思

① **～ない：對表示否定「不做……」**
用於表示否定「不做……」。動詞連接「～ない」後，再加上「です」，變成「～ないです」，與前面學過的「～ません」同為表示「現在否定」的鄭重表現。

② **～なかった：表示過去否定「未做……」**
用於表示過去否定。動詞連接「～なかった」後，再加上「です」，與前面學過的「～ませんでした」同為表示「過去否定」的鄭重表現。

3 應用表現

① **～ないで：沒有做……**
動詞連接「ない」後，再加上「で」，表示「沒有做……」。

MINI TEST 請練習把動詞加上「ない・なかった」。

第 3 類動詞

① する 做 しない　しなかった

② くる 來 ＿＿＿　＿＿＿＿＿

第 2 類動詞

③ ねる 睡覺 ＿＿＿　＿＿＿＿＿

④ でる 出去 ＿＿＿　＿＿＿＿＿

⑤ おきる 起床 ＿＿＿＿　＿＿＿＿＿＿

⑥ みる 看 ＿＿＿　＿＿＿＿＿

⑦ はじめる 開始 ＿＿＿＿＿　＿＿＿＿＿＿＿

⑧ かりる 借入 ＿＿＿＿　＿＿＿＿＿＿

第 1 類動詞

⑨ あう 見面 ＿＿＿＿　＿＿＿＿＿＿

⑩ かく 寫 ＿＿＿＿　＿＿＿＿＿＿

⑪ はなす 說 ＿＿＿＿＿　＿＿＿＿＿＿＿

⑫ よむ 閱讀 ＿＿＿＿　＿＿＿＿＿＿

⑬ のる 搭乘 ＿＿＿＿ ＿＿＿＿＿＿

⑭ まつ 等待 ＿＿＿＿ ＿＿＿＿＿＿

⑮ およぐ 游泳 ＿＿＿＿＿ ＿＿＿＿＿＿＿

⑯ のむ 喝 ＿＿＿＿ ＿＿＿＿＿＿

⑰ あそぶ 遊玩 ＿＿＿＿＿ ＿＿＿＿＿＿＿

⑱ かつ 贏 ＿＿＿＿ ＿＿＿＿＿＿

⑲ はいる 進入 ＿＿＿＿＿ ＿＿＿＿＿＿＿

⑳ いく 去 ＿＿＿＿ ＿＿＿＿＿＿

4 よう（意志、勸誘）

1 變化方式

① 第 3 類動詞：建議直接背起來。

する 做→ しよう 做吧

くる 來→ こよう 來吧

② 第 2 類動詞：去掉字尾る後，直接加上「よう」。

たべ＋る 吃→ たべ＋よう 吃吧

③ 第 1 類動詞：把字尾的う段音改成あ段音後，再加上「う」。

か＋う 買→ か＋お＋う 買吧

う段	~~う~~	~~く~~	~~す~~	~~つ~~	~~ぬ~~	~~ぶ~~	~~む~~	~~る~~
お段	お	こ	そ	と	の	ぼ	も	ろ
					う			

2 意思

① 表達自身的意志。

② 表達向他人的建議。

3 應用表現

① **～ようとおもう（～ようと思う）：有意做……**
意向形「～よう」後方加上「～とおもう」，用來表示有意想要做某件事。也可以使用動詞「おもう」的現在進行式「～とおもっている」。

② **～ようとしている：打算做……**
意向形「～よう」後方加上「～としている」，表示目前正打算做某件事。不僅用在自己身上，也可用於他人。

MINI TEST 請練習把動詞加上よう，表達意志或勸誘。

第 3 類動詞

① する 做 しよう

② くる 來 ＿ ＿ ＿

第 2 類動詞

③ ねる 睡覺 ＿ ＿ ＿

④ でる 出去 ＿ ＿ ＿

⑤ おきる 起床 ＿ ＿ ＿ ＿

⑥ みる 看 ＿ ＿ ＿

⑦ はじめる 開始 ＿ ＿ ＿ ＿ ＿

⑧ かりる 借入 ＿ ＿ ＿ ＿

第 1 類動詞

⑨ あう 見面 ＿ ＿ ＿

⑩ かく 寫 ＿ ＿ ＿

⑪ はなす 說 ＿ ＿ ＿ ＿

⑫ よむ 閱讀 ＿＿＿

⑬ のる 搭乘 ＿＿＿

⑭ まつ 等待 ＿＿＿

⑮ およぐ 游泳 ＿＿＿＿

⑯ のむ 喝 ＿＿＿

⑰ あそぶ 遊玩 ＿＿＿＿

⑱ かつ 贏 ＿＿＿

⑲ はいる 進入 ＿＿＿＿

⑳ いく 去 ＿＿＿

5 られる（可能動詞）

1 變化方式

① 第 3 類動詞：建議直接背起來。

する 做→	できる 能做
くる 來→	こられる 能來

② 第 2 類動詞：去掉字尾る後，直接加上「られる」。最近口語中常見「省略『ら』的表達」，因此也可以省略「られる」當中的「ら」。

たべ＋る 吃→	たべ＋られる 能吃
	たべ＋れる 能吃

③ 第 1 類動詞：把字尾的う段音改成え段音後，再加上「る」。

か＋う 買→	か＋え＋る 能買

う段	~~う~~	~~く~~	~~す~~	~~つ~~	~~ぬ~~	~~ぶ~~	~~む~~	~~る~~
え段	え	け	せ	て	ね	べ	め	れ

2 意思

① **表達能夠做某件事。**

TIP 若動詞本身含有「可能」的意思時，則無法變化成可能形。
ex: わかる（明白）、きこえる（聽到）、みえる（看到）、なれる（習慣）。

3 應用表現

① **動詞辭書形 + ことが できる：能夠做……**
使用動詞辭書形加上「ことができる」，同樣表示「可能」的意思。

MINI TEST 請練習把動詞改成可能形。

第 3 類動詞

① する 做 で き る

② くる 來 ＿ ＿ ＿ ＿

第 2 類動詞

③ ねる 睡覺 ＿ ＿ ＿ ＿

④ でる 出去 ＿ ＿ ＿ ＿

⑤ おきる 起床 ＿ ＿ ＿ ＿ ＿

⑥ みる 看 ＿ ＿ ＿ ＿

⑦ はじめる 開始 ＿ ＿ ＿ ＿ ＿ ＿

⑧ いる （人、動物等）在、有 ＿ ＿ ＿ ＿

第 1 類動詞

⑨ あう 見面 ＿ ＿ ＿

⑩ かく 寫 ＿ ＿ ＿

⑪ はなす 說 ＿ ＿ ＿ ＿

⑫ よむ 閱讀 ＿ ＿ ＿

⑬ のる 搭乘 ＿ ＿ ＿

⑭ まつ 等待 ＿ ＿ ＿

⑮ およぐ 游泳 ＿＿＿＿

⑯ のむ 喝 ＿＿＿

⑰ はいる 進入 ＿＿＿＿

⑱ かつ 贏 ＿＿＿

⑲ あそぶ 遊玩 ＿＿＿＿

⑳ しぬ 死 ＿＿＿

6 たい

1 變化方式

① 第 3 類動詞

建議直接背起來。

する 做 →	したい 想做
くる 來 →	きたい 想去

TIP 與前方學過的「～ます」連接方式相同。

② 第 2 類動詞

去掉字尾る後，直接加上「たい」。

たべ＋る 吃 →	たべ＋たい 想吃

③ 第 1 類動詞

把字尾的う段音改成い段音後，再加上「たい」。

か＋う 買 →	か＋い＋たい 想買

う段	~~う~~	~~く~~	~~ぐ~~	~~す~~	~~つ~~	~~づ~~	~~ぬ~~	~~ぶ~~	~~む~~	~~る~~
い段	い	き	ぎ	し	ち	ぢ	に	び	み	り

2 意思

用來表示希望，意思為「想要……」。若想表達更為鄭重的語氣，只要在「～たい」後方加上「～です」即可。

MINI TEST 請練習把動詞連接「たい」。

第3類動詞

① うんどうする 運動 うんどうしたい

② くる 來 ＿＿＿

第2類動詞

③ ねる 睡覺 ＿＿＿

④ みる 看 ＿＿＿

⑤ でる 出去 ＿＿＿

⑥ かりる 借入 ＿＿＿＿

⑦ あげる 給予 ＿＿＿＿

⑧ おきる 起床 ＿＿＿＿

第1類動詞

⑨ はなす 說 ＿＿＿＿＿

⑩ よむ 閱讀 ＿＿＿＿

⑪ のる 搭乘 ＿＿＿＿

⑫ およぐ 游泳 ＿＿＿＿＿

⑬ かえる 回家 ＿＿＿＿＿

⑭ かく 寫 ＿＿＿＿

⑮ のむ 喝 ＿＿＿＿

⑯ かつ 贏 ＿＿＿＿

⑰ あそぶ 遊玩 ＿＿＿＿＿

⑱ はしる 跑 ＿＿＿＿＿

⑲ しぬ 死 ＿＿＿＿

⑳ なる 變成 ＿＿＿＿

㉑ いく 去 ＿＿＿＿

1 ます・ました・ません・ませんでした

1
① します　しました
② きます　きました
③ ねます　ねました
④ います　いました
⑤ でます　でました
⑥ おきます　おきました
⑦ まけます　まけました
⑧ うまれます　うまれました
⑨ はなします　はなしました
⑩ よみます　よみました
⑪ まちます　まちました
⑫ およぎます　およぎました
⑬ のみます　のみました
⑭ かえります　かえりました
⑮ かちます　かちました
⑯ なります　なりました
⑰ あそびます　あそびました
⑱ うります　うりました
⑲ はいります　はいりました
⑳ いきます　いきました

2
① しません　しませんでした
② きません　きませんでした
③ かりません　かりませんでした
④ こたえません　こたえませんでした
⑤ きません　きませんでした
⑥ つかれません　つかれませんでした
⑦ しりません　しりませんでした
⑧ あるきません　あるきませんでした
⑨ ならいません　ならいませんでした
⑩ しにません　しにませんでした
⑪ あそびません　あそびませんでした
⑫ たちません　たちませんでした
⑬ のりません　のりませんでした
⑭ まちません　まちませんでした
⑮ およぎません　およぎませんでした
⑯ のみません　のみませんでした
⑰ はじまりません　はじまりませんでした
⑱ はなしません　はなしませんでした
⑲ かきません　かきませんでした
⑳ ありません　ありませんでした

2 た(だ)・て(で)

① した　して
② きた　きて
③ おりた　おりて
④ あけた　あけて
⑤ おきた　おきて
⑥ でた　でて
⑦ みた　みて
⑧ ねた　ねて
⑨ けした　けして
⑩ あそんだ　あそんで
⑪ しった　しって
⑫ かった　かって
⑬ のった　のって
⑭ まった　まって
⑮ ぬいだ　ぬいで
⑯ のんだ　のんで
⑰ かいた　かいて
⑱ しんだ　しんで
⑲ はいった　はいって
⑳ いった　いって

3 ない・なかった

① しない　しなかった
② こない　こなかった
③ ねない　ねなかった
④ でない　でなかった

⑤ おきない　おきなかった
⑥ みない　みなかった
⑦ はじめない　はじめなかった
⑧ かりない　かりなかった
⑨ あわない　あわなかった
⑩ かかない　かかなかった
⑪ はなさない　はなさなかった
⑫ よまない　よまなかった
⑬ のらない　のらなかった
⑭ またない　またなかった
⑮ およがない　およがなかった
⑯ のまない　のまなかった
⑰ あそばない　あそばなかった
⑱ かたない　かたなかった
⑲ はいらない　はいらなかった
⑳ いかない　いかなかった

4 よう（意志、勧誘）

① しよう
② こよう
③ ねよう
④ でよう
⑤ おきよう
⑥ みよう
⑦ はじめよう
⑧ かりよう
⑨ あおう
⑩ かこう
⑪ はなそう
⑫ よもう
⑬ のろう
⑭ まとう
⑮ およごう
⑯ のもう
⑰ あそぼう
⑱ かとう
⑲ はいろう
⑳ いこう

5 られる（可能動詞）

① できる
② こられる
③ ねられる
④ でられる
⑤ おきられる
⑥ みられる
⑦ はじめられる
⑧ いられる
⑨ あえる
⑩ かける
⑪ はなせる
⑫ よめる
⑬ のれる
⑭ まてる
⑮ およげる
⑯ のめる
⑰ はいれる
⑱ かてる
⑲ あそべる
⑳ しねる

6 たい

① うんどうしたい
② きたい
③ ねたい
④ みたい
⑤ でたい
⑥ かりたい
⑦ あげたい
⑧ おきたい

⑨ はなしたい
⑩ よみたい
⑪ のりたい
⑫ およぎたい
⑬ かえりたい
⑭ かきたい
⑮ のみたい
⑯ かちたい
⑰ あそびたい
⑱ はしりたい
⑲ しにたい
⑳ なりたい
㉑ いきたい

PART 2

日語動詞變化練習

あう 見面

學習日 /

第1類 第2類 第3類

あう

請參考中文意思，並練習將動詞「あう」變化成適當的形態，填入空格中。

- ともだちに ＿＿＿＿。見朋友。
- せんぱいに ＿＿＿。見了前輩。
- みちで せんせいに ＿＿＿＿＿。在路上見到了老師。
- あしたは ともだちに ＿＿＿＿。明天不會見到朋友。
- きょうは かちょうに ＿＿＿＿＿。今天不會見到課長。
- きのうは かれに ＿＿＿＿＿＿。昨天沒見到他。
- おとといは かのじょに ＿＿＿＿＿＿＿＿。前天沒見到她。
- まいにち かれと ＿＿＿ います。每天都會見到他。
- あした しゃちょうに ＿＿＿。明天見見社長吧。
- きょうは かれに ＿＿＿。今天能見到他。
- あした かのじょに ＿＿＿＿。明天想見她。

新單字

ともだち 朋友	～に（＋あう） 和～見面	せんぱい 前輩
みち 馬路	～で 在～	せんせい 老師
あした 明天	～は 表「話題主語」	きょう 今天
かちょう 課長	きのう 昨天	かれ 他
おととい 前天	かのじょ 她	まいにち 每天
～と 與～	しゃちょう 社長	

会(あ)う 見面 第1類

請逐字唸三遍後，再練習寫下同樣的句子。

TIP 動詞「あう」前方的受詞，其後方要連接助詞「に」。

・ともだちに 会(あ)います。見朋友。

・せんぱいに 会(あ)った。見了前輩。

・みちで せんせいに 会(あ)いました。在路上見到了老師。

・あしたは ともだちに 会(あ)わない。明天不會見到朋友。

・きょうは かちょうに 会(あ)いません。今天不會見到課長。

・きのうは かれに 会(あ)わなかった。昨天沒見到他。

・おとといは かのじょに 会(あ)いませんでした。
前天沒見到她。

・まいにち かれと 会(あ)って います。每天都會見到他。

・あした しゃちょうに 会(あ)おう。明天見見社長吧。

・きょうは かれに 会(あ)える。今天能見到他。

・あした かのじょに 会(あ)いたい。明天想見她。

あがる 攀爬、提升

學習日 /

第1類 第2類 第3類

あがる

請參考中文意思，並練習將動詞「あがる」變化成適當的形態，填入空格中。

・かいだんを ＿＿＿＿＿。 爬樓梯。

・おくじょうに ＿＿＿＿。 爬到了頂樓。

・すこしずつ スピードが ＿＿＿＿＿＿。 速度一點一滴地提升了。

・のうりつが ＿＿＿＿＿。 效率不會提升。

・なかなか しゅうにゅうが ＿＿＿＿＿＿。 收入怎麼也提升不了。

・きのうの ぶたいには ＿＿＿＿＿＿＿。 昨天沒有上台。

・けつあつが ＿＿＿＿＿＿＿＿＿。 血壓沒有上升。

・かぶかが ＿＿＿＿、 うれしい。 股價上漲很高興。

・にかいへ ＿＿＿＿。 上二樓吧。

・エレベーターで ＿＿＿＿。 能搭電梯上去。

・てんきが いいので おくじょうに ＿＿＿＿＿。 天氣很好，想上去頂樓。

新單字

かいだん 樓梯	～を 表「受詞」	おくじょう 頂樓
～に 表「動作的歸著點」	すこし 稍微	～ずつ 表「平均」
スピード 速度	～が 表「主詞」	のうりつ 效率
なかなか 怎麼也不～	しゅうにゅう 收入	～の ～的
ぶたい 舞台	～には 表「動作的歸著點」	けつあつ 血壓
かぶか 股價	うれしい 高興的	にかい 2樓
～へ 表「動作的方向」	エレベーター 電梯	せかい 世界
てんき 天氣	いい 良好的	～ので 因為～

上(あ)がる　攀爬、提升　第1類

請逐字唸三遍後，再練習寫下同樣的句子。

・かいだんを 上(あ)がります。爬樓梯。

・おくじょうに 上(あ)がった。爬到了頂樓。

・すこしずつ スピードが 上(あ)がりました。速度一點一滴地提升了。

・のうりつが 上(あ)がらない。效率不會提升。

・なかなか しゅうにゅうが 上(あ)がりません。
收入怎麼也提升不了。

・きのうの ぶたいには 上(あ)がらなかった。昨天沒有上台。

・けつあつが 上(あ)がりませんでした。血壓沒有上升。

・かぶかが 上(あ)がって、うれしい。股價上漲很高興。

・にかいへ 上(あ)がろう。上二樓吧。

・エレベーターで 上(あ)がれる。能搭電梯上去。

・てんきが いいので おくじょうに 上(あ)がりたい。
天氣很好，想上去頂樓。

あげる 給予、餵予

第1類 第2類 第3類

あげる

請參考中文意思，並練習將動詞「あげる」變化成適當的形態，填入空格中。

・プレゼントを ＿＿＿＿。 送禮物。

・ともだちに おかしを ＿＿＿。 給朋友零食。

・いもうとに けしょうひんを ＿＿＿＿＿。 給妹妹化妝品。

・おとうとには なにも ＿＿＿＿。 什麼都沒給弟弟。

・だれにも ねんがじょうを ＿＿＿＿＿＿。 沒送賀年卡給任何人。

・ひゃくえんも ＿＿＿＿＿＿＿＿。 連一百塊都沒給。

・ねこに まいにち えさを ＿＿＿ ください。 請每天餵飼料給貓。

・こひつじに ミルクを ＿＿＿＿。 來給小羊餵奶吧。

・さかなに えさを ＿＿＿＿＿。 魚被餵予飼料。

・こどもに からだに いい おやつを ＿＿＿＿。
想給小孩有益身體健康的點心。

新單字

プレゼント 禮物	おかし 零食	いもうと 妹妹
けしょうひん 化妝品	おとうと 弟弟	なにも 什麼都
だれにも 對任何人都～	ねんがじょう 賀年卡	ひゃく 一百
えん 圓（日本貨幣單位）	～も 連～	ねこ 貓
～に 表「動作的對象」	えさ 飼料	～てください 請～
こひつじ 小羊	ミルク 牛奶	さかな 魚
こども 小孩	からだ 身體	おやつ 點心

あげる 給予、餵予 第2類

請逐字唸三遍後，再練習寫下同樣的句子。

・プレゼントを あげます。送禮物。

＿＿＿＿＿＿＿＿＿＿＿＿＿＿＿＿＿＿＿＿。

・ともだちに おかしを あげた。給朋友零食。

＿＿＿＿＿＿＿＿＿＿＿＿＿＿＿＿＿＿＿＿。

・いもうとに けしょうひんを あげました。給妹妹化妝品。

＿＿＿＿＿＿＿＿＿＿＿＿＿＿＿＿＿＿＿＿。

・おとうとには なにも あげない。什麼都不給弟弟。

＿＿＿＿＿＿＿＿＿＿＿＿＿＿＿＿＿＿＿＿。

・だれにも ねんがじょうを あげなかった。
沒送賀年卡給任何人。

＿＿＿＿＿＿＿＿＿＿＿＿＿＿＿＿＿＿＿＿。

・ひゃくえんも あげませんでした。連一百塊都沒給。

＿＿＿＿＿＿＿＿＿＿＿＿＿＿＿＿＿＿＿＿。

・ねこに まいにち えさを あげて ください。
請每天餵飼料給貓。

＿＿＿＿＿＿＿＿＿＿＿＿＿＿＿＿＿＿＿＿。

・こひつじに ミルクを あげよう。來給小羊餵奶吧。

＿＿＿＿＿＿＿＿＿＿＿＿＿＿＿＿＿＿＿＿。

・さかなに えさを あげられる。魚被餵予飼料。

＿＿＿＿＿＿＿＿＿＿＿＿＿＿＿＿＿＿＿＿。

・こどもに からだに いい おやつを あげたい。
想給小孩有益身體健康的點心。

＿＿＿＿＿＿＿＿＿＿＿＿＿＿＿＿＿＿＿＿

あそぶ 遊玩

學習日
/

第1類 第2類 第3類

あそぶ

請參考中文意思，並練習將動詞「あそぶ」變化成適當的形態，填入空格中。

- こうえんで ＿＿＿＿＿。 在公園玩耍。
- きのうは うみで ＿＿＿＿。 昨天在海邊玩。
- きのうは おそくまで ＿＿＿＿＿＿。 昨天玩到很晚。
- にどと ひろしとは ＿＿＿＿＿。 不再和阿宏一起玩。
- はるかは そとで ＿＿＿＿＿＿。 小遙不會在外面玩。
- ゆうべは だれとも ＿＿＿＿＿＿＿。 昨晚沒和任何人玩。
- せんしゅうは みゆきと ＿＿＿＿＿＿＿＿＿。 上週沒有和美雪一起玩。
- うみで ＿＿＿＿ います。 正在海邊玩耍。
- きょうは おそくまで ＿＿＿＿。 今天就玩到晚一些吧。
- その こうえんは あめでも ＿＿＿＿。 那座公園下雨也能玩。
- あしたは かのじょと ＿＿＿＿＿。 明天想和她一起玩。

新單字

こうえん 公園	うみ 海	おそく 很晚
～まで 直到～	にどと 再次	～とは 與～
そと 外面	ゆうべ 昨晚	だれ 誰
～とも 也與～	せんしゅう 上週	あめでも 即使下雨

遊(あそ)ぶ　遊玩　第1類

請逐字唸三遍後，再練習寫下同樣的句子。

・こうえんで 遊(あそ)びます。在公園玩耍。

・きのうは うみで 遊(あそ)んだ。昨天在海邊玩。

・きのうは おそくまで 遊(あそ)びました。昨天玩到很晚。

・にどと ひろしとは 遊(あそ)ばない。不再和阿宏一起玩。

・はるかは そとで 遊(あそ)びません。小遙不會在外面玩。

・ゆうべは だれとも 遊(あそ)ばなかった。昨晚沒和任何人玩。

・せんしゅうは みゆきと 遊(あそ)びませんでした。
上週沒有和美雪一起玩。

・うみで 遊(あそ)んで います。正在海邊玩耍。

・きょうは おそくまで 遊(あそ)ぼう。今天就玩到晚一些吧。

・その こうえんは あめでも 遊(あそ)べる。那座公園下雨也能玩。

・あしたは かのじょと 遊(あそ)びたい。明天想和她一起玩。

あびる 洗浴、蒙受

學習日 /

第1類 第2類 第3類

あびる

請參考中文意思，並練習將動詞「あびる」變化成適當的形態，填入空格中。

・シャワーを ＿＿＿＿。淋浴。

・シャワーを ＿＿＿。淋了浴。

・ほこりを ＿＿＿＿＿。全身沾滿了灰塵。

・シャワーを ＿＿＿＿。不淋浴。

・シャワーを ＿＿＿＿＿＿。沒淋浴。

・さむくて きょうは シャワーを ＿＿＿＿＿。

很冷所以今天不淋浴。

・きのうは シャワーを ＿＿＿＿＿＿＿＿。

昨天沒淋浴。

・ホテルで シャワーを ＿＿＿ います。正在飯店淋浴。

・ようやく シャワーを ＿＿＿＿＿。終於能淋浴了。

・シャワーを ＿＿＿＿と して います。正要淋浴。

・いえで シャワーを ＿＿＿＿。想在家淋浴。

新單字

シャワー 淋浴	ほこり 灰塵	さむくて 很冷
ホテル 飯店	いえ 家	ようやく 終於

浴(あ)びる 洗浴、蒙受

第2類

請逐字唸三遍後，再練習寫下同樣的句子。

・シャワーを 浴(あ)びます。淋浴。

・シャワーを 浴(あ)びた。淋了浴。

・ほこりを 浴(あ)びました。全身沾滿了灰塵。

・シャワーを 浴(あ)びない。不淋浴。

・シャワーを 浴(あ)びなかった。沒淋浴。

・さむくて きょうは シャワーを 浴(あ)びません。
很冷所以今天不淋浴。

・きのうは シャワーを 浴(あ)びませんでした。
昨天沒淋浴。

・ホテルで シャワーを 浴(あ)びて います。正在飯店淋浴。

・ようやく シャワーを 浴(あ)びられる。終於能淋浴了。

・シャワーを 浴(あ)びようと して います。正要淋浴。

・いえで シャワーを 浴(あ)びたい。想在家淋浴。

あらう 清洗

學習日
/

第1類 第2類 第3類

あらう

請參考中文意思，並練習將動詞「あらう」變化成適當的形態，填入空格中。

- かおを ＿＿＿＿＿。 洗臉。
- てを ＿＿＿＿。 洗了手。
- かおを ＿＿＿＿＿＿。 洗了臉。
- さらは ＿＿＿＿＿。 不洗盤子。
- コップは ＿＿＿＿＿＿。 不洗杯子。
- グラスは まだ ＿＿＿＿＿＿＿。 還沒洗玻璃杯。
- コップは まだ ＿＿＿＿＿＿＿＿＿。 還沒洗杯子。
- グラスを ＿＿＿＿ ください。 請洗玻璃杯。
- ここで あしを ＿＿＿＿。 可以在這裡洗腳。
- あそこで あしを ＿＿＿＿。 在那裡洗腳吧。
- てを ＿＿＿＿＿。 想洗手。

新單字

かお 臉　　て 手　　さら 盤子
コップ 杯子　　グラス 玻璃杯　　まだ 還沒
ここ 這裡

洗(あら)う 清洗 第1類

請逐字唸三遍後，再練習寫下同樣的句子。

・かおを 洗(あら)います。洗臉。

＿＿＿＿＿＿＿＿＿＿＿＿＿＿＿＿＿＿＿＿。

・てを 洗(あら)った。洗了手。

＿＿＿＿＿＿＿＿＿＿＿＿＿＿＿＿＿＿＿＿。

・かおを 洗(あら)いました。洗了臉。

＿＿＿＿＿＿＿＿＿＿＿＿＿＿＿＿＿＿＿＿。

・さらは 洗(あら)わない。不洗盤子。

＿＿＿＿＿＿＿＿＿＿＿＿＿＿＿＿＿＿＿＿。

・コップは 洗(あら)いません。不洗杯子。

＿＿＿＿＿＿＿＿＿＿＿＿＿＿＿＿＿＿＿＿。

・グラスは まだ 洗(あら)わなかった。還沒洗玻璃杯。

＿＿＿＿＿＿＿＿＿＿＿＿＿＿＿＿＿＿＿＿。

・コップは まだ 洗(あら)いませんでした。還沒洗杯子。

＿＿＿＿＿＿＿＿＿＿＿＿＿＿＿＿＿＿＿＿。

・グラスを 洗(あら)って ください。請洗玻璃杯。

＿＿＿＿＿＿＿＿＿＿＿＿＿＿＿＿＿＿＿＿。

・ここで あしを 洗(あら)える。可以在這裡洗腳。

＿＿＿＿＿＿＿＿＿＿＿＿＿＿＿＿＿＿＿＿。

・あそこで あしを 洗(あら)おう。在那裡洗腳吧。

＿＿＿＿＿＿＿＿＿＿＿＿＿＿＿＿＿＿＿＿。

・てを 洗(あら)いたい。想洗手。

＿＿＿＿＿＿＿＿＿＿＿＿＿＿＿＿＿＿＿＿。

ある 有（植物、物品等）

學習日 /

第1類 第2類 第3類

ある

請參考中文意思，並練習將動詞「ある」變化成適當的形態，填入空格中。

・ここに りんごが ＿＿＿＿。 這裡有蘋果。

・ノートは テーブルの うえに ＿＿＿。 筆記本在桌上。

・めがねは かばんの なかに ＿＿＿＿＿。 眼鏡在包包裡。

・しまった！ キーが ＿＿。 糟了！沒帶鑰匙。

・すみません。おかねが ＿＿＿＿＿。 抱歉，我沒帶錢。

・どこにも ほんが ＿＿＿＿＿＿＿＿。 哪裡都找不到書。

・にくが たくさん ＿＿＿、しあわせです。 有很多肉，很幸福。

新單字

りんご 蘋果	ノート 筆記本	テーブル 桌子
うえ 上	めがね 眼鏡	かばん 包包
なか 裡面	しまった 糟了	キー 鑰匙
すみません 抱歉	おかね 錢	どこ 哪裡
～にも 在（地點）也～	ほん 書	にく 肉
たくさん 許多	しあわせです 很幸福	

ある 有（植物、物品等）

第1類

07 MP3

請逐字唸三遍後，再練習寫下同樣的句子。

・ここに りんごが あります。這裡有蘋果。

＿＿＿＿＿＿＿＿＿＿＿＿＿＿＿＿＿＿＿＿＿＿＿＿＿＿＿＿＿＿＿＿＿＿＿＿＿＿。

・ノートは テーブルの うえに あった。筆記本在桌上。

＿＿＿＿＿＿＿＿＿＿＿＿＿＿＿＿＿＿＿＿＿＿＿＿＿＿＿＿＿＿＿＿＿＿＿＿＿＿。

・めがねは かばんの なかに ありました。
眼鏡在包包裡。

＿＿＿＿＿＿＿＿＿＿＿＿＿＿＿＿＿＿＿＿＿＿＿＿＿＿＿＿＿＿＿＿＿＿＿＿＿＿。

・しまった！ キーが ない。
糟了！沒帶鑰匙。

TIP 若要表達否定時，動詞ある不會變化成「あらない」，而是直接用い形容詞「ない」表示「沒有」。

＿＿＿＿＿＿＿＿＿＿＿＿＿＿＿＿＿＿＿＿＿＿＿＿＿＿＿＿＿＿＿＿＿＿＿＿＿＿。

・すみません。おかねが ありません。抱歉，我沒帶錢。

＿＿＿＿＿＿＿＿＿＿＿＿＿＿＿＿＿＿＿＿＿＿＿＿＿＿＿＿＿＿＿＿＿＿＿＿＿＿。

・どこにも ほんが ありませんでした。
哪裡都找不到書。

＿＿＿＿＿＿＿＿＿＿＿＿＿＿＿＿＿＿＿＿＿＿＿＿＿＿＿＿＿＿＿＿＿＿＿＿＿＿。

・にくが たくさん あって、しあわせです。
有很多肉，很幸福。

＿＿＿＿＿＿＿＿＿＿＿＿＿＿＿＿＿＿＿＿＿＿＿＿＿＿＿＿＿＿＿＿＿＿＿＿＿＿。

あるく 走、步行

學習日
/

第1類 第2類 第3類

あるく

請參考中文意思，並練習將動詞「あるく」變化成適當的形態，填入空格中。

・みちを ＿＿＿＿＿。 走路。

・みちを ＿＿＿＿。 走了路。

・いえまで ＿＿＿＿＿＿。 走路到家。

・こじまさんは なかなか ＿＿＿＿＿。 小島不太肯走路。

・きのうは あまり ＿＿＿＿＿＿＿。 昨天幾乎沒走路。

・きのうは こうえんを ＿＿＿＿＿＿＿＿＿。 昨天沒在公園走路。

・ゆっくりと ＿＿＿＿ ください。 請慢慢走。

・ちょっと ＿＿＿＿。 稍微走一下吧。

・さんじかんは ＿＿＿＿。 能走三個小時。

・ちょっと ＿＿＿＿＿。 想稍微走一下。

新單字

あまり 幾乎不　　ゆっくり（と） 慢慢地　　ちょっと 稍微
さんじかん 三個小時

歩く（ある） 走、步行

第1類

請逐字唸三遍後，再練習寫下同樣的句子。

・みちを 歩（ある）きます。走路。

・みちを 歩（ある）いた。走了路。

・いえまで 歩（ある）きました。走路到家。.

・こじまさんは なかなか 歩（ある）かない。小島不太肯走路。

・きのうは あまり 歩（ある）かなかった。昨天幾乎沒走路。

・きのうは こうえんを 歩（ある）きませんでした。昨天沒在公園走路。

・ゆっくりと 歩（ある）いて ください。請慢慢走。

・ちょっと 歩（ある）こう。稍微走一下吧。

・さんじかんは 歩（ある）ける。能走三個小時。

・ちょっと 歩（ある）きたい。想稍微走一下。

いう 說

學習日
/

第1類 第2類 第3類

いう

請參考中文意思，並練習將動詞「いう」變化成適當的形態，填入空格中。

・もういちど ＿＿＿＿。 再說一次。

・それは うんめいだと ＿＿＿。 說那是命運。

・じぶんの いけんを ＿＿＿＿＿。 說出自己的意見。

・おくれた りゆうを ＿＿＿＿。 不說遲到的原因。

・それを うんめいだとは ＿＿＿＿＿。 那稱不上是命運。

・じぶんの いけんは ＿＿＿＿＿＿。 沒說自己的意見。

・けんかした りゆうは ＿＿＿＿＿＿＿＿。 沒說吵架的原因。

・もういちど ＿＿＿ ください。 請再說一次。

・いけんを はっきり ＿＿＿。 清楚說出意見吧。

・いつも じぶんの いけんが ＿＿＿。 總是能說出自己的意見。

・しんじつを ＿＿＿＿。 想說出真相。

新單字

もういちど 再一次	それ 那個	うんめい 命運
～だ 是～	～と 表「說話的內容」	じぶん 自己
いけん 意見	おくれた 遲到	りゆう 原因
～とは 表「說話的內容」(強調)	けんかした 吵架了	はっきり 清楚地
いつも 總是	しんじつ 真相	

言う 說 第1類

請逐字唸三遍後，再練習寫下同樣的句子。

・もういちど 言います。再說一次。

____。

・それは うんめいだと 言った。說那是命運。

____。

・じぶんの いけんを 言いました。說出自己的意見。

____。

・おくれた りゆうを 言わない。

不說遲到的原因。 TIP 動詞的基本形（辭書形或過去式等）置於名詞前方時，扮演修飾名詞的角色。

____。

・それを うんめいだとは 言いません。那稱不上是命運。

____。

・じぶんの いけんは 言わなかった。沒說自己的意見。

____。

・けんかした りゆうは 言いませんでした。沒說吵架的原因。

____。

・もういちど 言って ください。請再說一次。

____。

・いけんを はっきり 言おう。清楚說出意見吧。

____。

・いつも じぶんの いけんが 言える。總是能說出自己的意見。

____。

・しんじつを 言いたい。想說出真相。

____。

いる （人、動物等）在、有

學習日 /

第1類 第2類 第3類

いる

請參考中文意思，並練習將動詞「いる」變化成適當的形態，填入空格中。

・ねこが ＿＿＿。 有貓。

・おんせんに さるが ＿＿。 溫泉裡有猴子。

・へやには だれも ＿＿＿。 房間裡沒有任何人。

・まどの まえには だれも ＿＿＿＿＿。 窗戶前沒有任何人。

・にわに いぬが ＿＿＿＿。 庭院裡沒有狗。

・トイレには だれも ＿＿＿＿＿＿＿。 廁所裡沒有任何人。

・ずっと となりに ＿＿ ください。 請一直待在我身邊。

・ここでは いっしょに ＿＿＿＿。 這裡能一起待著。

・ずっと となりに ＿＿＿。 一直待在我身邊吧

・ずっと いっしょに ＿＿＿。 想一直在一起。

新單字

おんせん 溫泉	さる 猴子	へや 房間
まど 窗戶	まえ 前面	だれも 誰也
にわ 庭院	いぬ 狗	トイレ 廁所
ずっと 一直	となり 旁邊	

いる（人、動物等）在、有 第2類

請逐字唸三遍後，再練習寫下同樣的句子。

・ねこが います。有貓。

____。

・おんせんに さるが いた。溫泉裡有猴子。

____。

・へやには だれも いない。房間裡沒有任何人。

____。

・まどの まえには だれも いなかった。窗戶前沒有任何人。

____。

・にわに いぬが いません。庭院裡沒有狗。

____。

・トイレには だれも いませんでした。廁所裡沒有任何人。

____。

・ずっと となりに いて ください。請一直待在我身邊。

____。

・ここでは いっしょに いられる。這裡能一起待著。

____。

・ずっと となりに いよう。一直待在我身邊吧

____。

・ずっと いっしょに いたい。想一直在一起。

____。

うまれる 出生、產生

第1類 第2類 第3類

學習日 /

うまれる

請參考中文意思，並練習將動詞「うまれる」變化成適當的形態，填入空格中。

・むすこが ＿＿＿＿＿。兒子出生。

・いもうとが ＿＿＿＿。妹妹出生了。

・おとうとが ＿＿＿＿＿＿。弟弟出生了。

・あかちゃんが よていびに ＿＿＿＿＿。嬰兒不會在預定日期出生。

・いい アイディアが ＿＿＿＿＿＿。生不出好點子。

・ここすうねん あかちゃんが ＿＿＿＿＿＿＿。近幾年沒有嬰兒出生。

・こいぬは まだ ＿＿＿＿＿＿＿＿＿。小狗還沒出生。

・むすめが ＿＿＿＿ うれしい。女兒出生了，我很高興。

新單字

むすこ 兒子
あかちゃん 嬰兒
よていび 預定日期
アイディア 點子
ここすうねん 近幾年
こいぬ 小狗
むすめ 女兒

生(う)まれる 出生、產生

第2類

請逐字唸三遍後，再練習寫下同樣的句子。

1 2 3
・むすこが 生(う)まれます。兒子出生。

____。

1 2 3
・いもうとが 生(う)まれた。妹妹出生了。

____。

1 2 3
・おとうとが 生(う)まれました。弟弟出生了。

____。

1 2 3
・あかちゃんが よていびに 生(う)まれない。嬰兒不會在預定日期出生。

____。

1 2 3
・いい アイディアが 生(う)まれません。生不出好點子。

____。

1 2 3
・ここすうねん あかちゃんが 生(う)まれなかった。
近幾年沒有嬰兒出生。

____。

1 2 3
・こいぬは まだ 生(う)まれませんでした。小狗還沒出生。

____。

1 2 3
・むすめが 生(う)まれて うれしい。女兒出生了，我很高興。

____。

おきる 起床、發生

第1類 第2類 第3類

おきる

請參考中文意思，並練習將動詞「おきる」變化成適當的形態，填入空格中。

- まいあさ しちじに ＿＿＿＿。 每天早上七點起床。
- おそろしい じけんが ＿＿＿。 發生了恐怖的事件。
- けさ じゅういちじに ＿＿＿＿＿。 今天早上十一點起床。
- ろくじには ＿＿＿＿。 不會在六點起床。
- なかなか やるきが ＿＿＿＿＿。 怎麼也提不起幹勁。
- ごじには ＿＿＿＿＿＿。 沒有在五點起床。
- はちじでも ＿＿＿＿＿＿＿＿。 八點了還是沒起床。
- くじに ＿＿＿ ください。 請在九點起床。
- あしたは じゅうじ はんに ＿＿＿＿。 明天十點半起床吧。
- めざましどけいが なくても ＿＿＿＿＿。 沒有鬧鐘也能起床。
- あした よじ さんじゅっぷんに ＿＿＿＿。 明天想在四點三十分起床。

新單字

まいあさ 每天早上	しちじ 7點	～に 在～
おそろしい 恐怖的	じけん 事件	けさ 今天早上
じゅういちじ 11點	ろくじ 6點	ごじ 5點
やるき 幹勁	はちじ 8點	くじ 9點
じゅうじ 10點	はん 半	めざましどけい 鬧鐘
なくても 沒有也～	よじ 4點	さんじゅっぷん 30分

起（お）きる 起床、發生 第2類

請逐字唸三遍後，再練習寫下同樣的句子。

・まいあさ　しちじに　起（お）きます。每天早上七點起床。

______________________________。

・おそろしい　じけんが　起（お）きた。發生了恐怖的事件。

______________________________。

・けさ　じゅういちじに　起（お）きました。今天早上十一點起床。

______________________________。

・ろくじには　起（お）きない。不會在六點起床。

______________________________。

・なかなか　やるきが　起（お）きません。怎麼也提不起幹勁。

______________________________。

・ごじには　起（お）きなかった。沒有在五點起床。

______________________________。

・はちじでも　起（お）きませんでした。八點了還是沒起床。

______________________________。

・くじに　起（お）きて　ください。請在九點起床。

______________________________。

・あしたは　じゅうじ　はんに　起（お）きよう。明天十點半起床吧。

______________________________。

・めざましどけいが　なくても　起（お）きられる。沒有鬧鐘也能起床。

______________________________。

・あした　よじ　さんじゅっぷんに　起（お）きたい。
明天想在四點三十分起床。

______________________________。

おしえる 教導、告知

學習日 /

第1類 第2類 第3類

おしえる

請參考中文意思，並練習將動詞「おしえる」變化成適當的形態，填入空格中。

・おんがくを ＿＿＿＿＿。 教音樂。

・がっこうで すうがくを ＿＿＿＿。 在學校教數學。

・にほんの ぶんかを ＿＿＿＿＿＿。 教授了日本文化。

・がっこうで じんせいは ＿＿＿＿＿。 學校不會教你人生。

・でんわばんごうは ＿＿＿＿＿＿。 不告訴人電話號碼。

・しんじつは だれも ＿＿＿＿＿＿＿。 沒告訴任何人真相。

・じゅうしょは ＿＿＿＿＿＿＿＿＿。 沒告訴地址。

・ヨガを ＿＿＿＿ います。 正在教瑜伽。

・ひみつを ＿＿＿＿＿。 告訴你秘密吧。

・いきかたは わたしが ＿＿＿＿＿＿。 我能告訴你去的方法。

・だいがくで フランスごを ＿＿＿＿＿。 我想在大學教法語。

新單字

おんがく 音樂	がっこう 學校	すうがく 數學
にほん 日本	ぶんか 文化	じんせい 人生
でんわばんごう 電話號碼	じゅうしょ 地址	ヨガ 瑜伽
ひみつ 秘密	いきかた 去的方法	わたし 我
だいがく 大學	フランスご 法語	

教(おし)える 教導、告知

第2類

請逐字唸三遍後，再練習寫下同樣的句子。

- おんがくを 教(おし)えます。教音樂。
- がっこうで すうがくを 教(おし)えた。在學校教數學。
- にほんの ぶんかを 教(おし)えました。教授了日本文化。
- がっこうで じんせいは 教(おし)えない。學校不會教你人生。
- でんわばんごうは 教(おし)えません。不告訴人電話號碼。
- しんじつは だれも 教(おし)えなかった。沒告訴任何人真相。
- じゅうしょは 教(おし)えませんでした。沒告訴地址。
- ヨガを 教(おし)えて います。正在教瑜伽。
- ひみつを 教(おし)えよう。告訴你秘密吧。
- いきかたは わたしが 教(おし)えられる。我能告訴你去的方法。
- だいがくで フランスごを 教(おし)えたい。我想在大學教法語。

おぼえる 背誦、記住

學習日 /

第1類 第2類 第3類

おぼえる

請參考中文意思，並練習將動詞「おぼえる」變化成適當的形態，填入空格中。

・たんごを ＿＿＿＿＿。 背單字。

・でんわばんごうを ＿＿＿＿。 記下電話號碼。

・えいたんごを ＿＿＿＿＿＿。 背了英文單字。

・ぶんぽうは ＿＿＿＿＿。 不背文法。

・かれは ひとの なまえを なかなか ＿＿＿＿＿＿。 他怎麼也記不住別人的名字。

・いきかたは ＿＿＿＿＿＿＿。 不記得去的方式。

・うたの いちぶしか ＿＿＿＿＿＿＿＿＿。 只記得歌曲的一部分。

・じゅうようだから ちゃんと ＿＿＿＿ ください。 很重要，請好好地記住。

・たんごを もっと たのしく ＿＿＿＿＿。 更開心地背單字吧。

・ともだちの たんじょうびは ＿＿＿＿＿＿。 能記得朋友的生日。

・えいたんごを たくさん ＿＿＿＿＿。 我想背許多英文單字。

新單字

たんご 單字	えいたんご 英文單字	ぶんぽう 文法
なまえ 名字	ひと 別人	～で 因為～
よく 經常	うた 歌曲	いちぶ 一部分
～しか 只～	じゅうようだ 重要的	～から 因為～
ちゃんと 好好地	もっと 更加	たのしく 開心地
たんじょうび 生日		

覚(おぼ)える 背誦、記住 第2類

請逐字唸三遍後，再練習寫下同樣的句子。

・たんごを 覚(おぼ)えます。背單字。

・でんわばんごうを 覚(おぼ)えた。記下電話號碼。

・えいたんごを 覚(おぼ)えました。背了英文單字。

・ぶんぽうは 覚(おぼ)えない。不背文法。

・かれは ひとの なまえを なかなか 覚(おぼ)えません。
他怎麼也記不住別人的名字。

・いきかたは 覚(おぼ)えなかった。不記得去的方式。

・うたの いちぶしか 覚(おぼ)えませんでした。只記得歌曲的一部分。

・じゅうようだから ちゃんと 覚(おぼ)えて ください。
很重要，請好好地記住。

・たんごを もっと たのしく 覚(おぼ)えよう。更開心地背單字吧。

・ともだちの たんじょうびは 覚(おぼ)えられる。能記得朋友的生日。

・えいたんごを たくさん 覚(おぼ)えたい。我想背許多英文單字。

おもう 覺得、認為

學習日 /

第1類 第2類 第3類

おもう

請參考中文意思，並練習將動詞「おもう」變化成適當的形態，填入空格中。

・それは りんごだと _____。 我覺得那是蘋果。

・とても おかしいと ____。 我覺得非常奇怪。

・ほんとうに きれいだと ______。 我覺得真的很漂亮。

・べんりだとは _____。 我不覺得方便。

・じょうずだとは ______。 我不覺得高超。

・うそだと _________。 我不覺得是騙人的。

・くるまを かおうと ____ います。 我打算買輛車。

・その ほうほうは あまり よくないように ____。
感覺那個方法不太好。

・じぶんが ただしいと _____。 我希望自己是對的。

新單字

とても 非常	おかしい 奇怪的	ほんとうに 真的
きれいだ 漂亮的	べんりだ 方便的	じょうずだ （技巧）高超的
うそ 謊言	くるま 車子	かおう 買吧
その 那個	ほうほう 方法	よくない 不好
～ように 表「間接引用」	ただしい 正確的	

思（おも）う 覺得、認為

第1類

請逐字唸三遍後，再練習寫下同樣的句子。

- それは りんごだと 思（おも）います。我覺得那是蘋果。
- とても おかしいと 思（おも）った。我覺得非常奇怪。
- ほんとうに きれいだと 思（おも）いました。我覺得真的很漂亮。
- べんりだとは 思（おも）わない。我不覺得方便。
- じょうずだとは 思（おも）いません。我不覺得高超。
- うそだと 思（おも）いませんでした。我不覺得是騙人的。
- くるまを かおうと 思（おも）って います。我打算買輛車。
- その ほうほうは あまり よくないように 思（おも）える。
  感覺那個方法不太好。
  TIP おもえる語感偏向「認為」、「總覺得」。
- じぶんが ただしいと 思（おも）いたい。我希望自己是對的。

およぐ 游泳

學習日
/

第1類 第2類 第3類

およぐ

請參考中文意思，並練習將動詞「およぐ」變化成適當的形態，填入空格中。

- うみで ＿＿＿＿＿。 要在海裡游泳。
- プールで ＿＿＿＿。 在游泳池游了泳。
- せんげつ プールで ＿＿＿＿＿＿。 上個月在游泳池游泳。
- かわでは ＿＿＿＿＿。 不會在河川游泳。
- ふゆは ＿＿＿＿＿＿。 冬天時不游泳。
- ことしの なつは ぜんぜん ＿＿＿＿＿＿＿。 今年夏天完全沒游泳。
- きのうは ＿＿＿＿＿＿＿＿＿。 昨天沒游泳。
- むこうまで ＿＿＿＿ いきます。 游到對面去。
- あの かわで ＿＿＿＿。 在那條河游泳吧。
- ことしの なつは うみで ＿＿＿＿。 今年夏天能在海裡游泳。
- あついので かわで ＿＿＿＿＿。 很熱，想在河裡游泳。

新單字

プール 游泳池
かわ 河川
ぜんぜん 完全
あつくて 很熱
せんげつ 上個月
ことし 今年
むこう 對面
ふゆ 冬天
なつ 夏天
あの 那個

泳(およ)ぐ　游泳　第1類

請逐字唸三遍後，再練習寫下同樣的句子。

・うみで　泳(およ)ぎます。要在海裡游泳。

＿＿＿＿＿＿＿＿＿＿＿＿＿＿＿＿＿＿＿＿。

・プールで　泳(およ)いだ。在游泳池游了泳。

＿＿＿＿＿＿＿＿＿＿＿＿＿＿＿＿＿＿＿＿。

・せんげつ　プールで　泳(およ)ぎました。上個月在游泳池游泳。

＿＿＿＿＿＿＿＿＿＿＿＿＿＿＿＿＿＿＿＿。

・かわでは　泳(およ)がない。不會在河川游泳。

＿＿＿＿＿＿＿＿＿＿＿＿＿＿＿＿＿＿＿＿。

・ふゆは　泳(およ)ぎません。冬天時不游泳。

＿＿＿＿＿＿＿＿＿＿＿＿＿＿＿＿＿＿＿＿。

・ことしの　なつは　ぜんぜん　泳(およ)がなかった。
今年夏天完全沒游泳。

＿＿＿＿＿＿＿＿＿＿＿＿＿＿＿＿＿＿＿＿。

・きのうは　泳(およ)ぎませんでした。昨天沒游泳。

＿＿＿＿＿＿＿＿＿＿＿＿＿＿＿＿＿＿＿＿。

・むこうまで　泳(およ)いで　いきます。游到對面去。

＿＿＿＿＿＿＿＿＿＿＿＿＿＿＿＿＿＿＿＿。

・あの　かわで　泳(およ)ごう。在那條河游泳吧。

＿＿＿＿＿＿＿＿＿＿＿＿＿＿＿＿＿＿＿＿。

・ことしの　なつは　うみで　泳(およ)げる。今年夏天能在海裡游泳。

＿＿＿＿＿＿＿＿＿＿＿＿＿＿＿＿＿＿＿＿。

・あついので　かわで　泳(およ)ぎたい。很熱，想在河裡游泳。

＿＿＿＿＿＿＿＿＿＿＿＿＿＿＿＿＿＿＿＿。

おりる 下（交通工具）

學習日 /

第1類 第2類 第3類

おりる

請參考中文意思，並練習將動詞「おりる」變化成適當的形態，填入空格中。

・ここで ＿＿＿＿。 在這裡下車。

・そこで ＿＿＿。 在那一帶下了車。

・あそこで ＿＿＿＿＿。 在那裡下了車。

・わたしは ＿＿＿＿。 我不下車。

・ハンさんは ＿＿＿＿＿。 韓小姐不下車。

・ジョンさんは ＿＿＿＿＿＿。 約翰沒下車。

・おばあさんは ＿＿＿＿＿＿＿＿。 老奶奶沒下車。

・あそこで ＿＿＿ ください。 請在那裡下車。

・ここで ＿＿＿＿。 在這裡下車吧。

・ひとりでも ＿＿＿＿＿。 一個人也能下車。

・つぎの えきで ＿＿＿＿。 我想在下一站下車。

新單字

そこ 那裡
ひとり 一個人
つぎ 下一個
あそこ 那裡
～でも 也～
えき 車站
～さん ～先生／小姐
おばあさん 老奶奶

降(お)りる 下（交通工具） 第2類

請逐字唸三遍後，再練習寫下同樣的句子。

・ここで 降(お)ります。在這裡下車。

____。

・そこで 降(お)りた。在那一帶下了車。

____。

・あそこで 降(お)りました。在那裡下了車。

____。

・わたしは 降(お)りない。我不下車。

____。

・ハンさんは 降(お)りません。韓小姐不下車。

____。

・ジョンさんは 降(お)りなかった。約翰沒下車。

____。

・おばあさんは 降(お)りませんでした。老奶奶沒下車。

____。

・あそこで 降(お)りて ください。請在那裡下車。

____。

・ここで 降(お)りよう。在這裡下車吧。

____。

・ひとりでも 降(お)りられる。一個人也能下車。

____。

・つぎの えきで 降(お)りたい。我想在下一站下車。

____。

かう 購買

學習日
/

第1類 第2類 第3類

か う

請參考中文意思，並練習將動詞「かう」變化成適當的形態，填入空格中。

・チーズを ＿＿＿＿。 買起司。

・にんじんを ＿＿＿。 買了紅蘿蔔。

・ぎゅうにゅうを ＿＿＿＿＿。 買了牛奶。

・コーラは ＿＿＿＿。 不買可樂。

・りんごは ＿＿＿＿＿＿。 沒買蘋果。

・ビールは ＿＿＿＿＿＿＿＿。 沒買啤酒。

・アイスクリームを ＿＿＿ ください。 請買冰淇淋。

・バナナと ももを ＿＿＿。 買個香蕉和桃子吧。

・その ケーキぐらいは ＿＿＿。 那個蛋糕還是買得起。

・くすりを ＿＿＿＿。 想買藥。

新單字

チーズ 起司	にんじん 紅蘿蔔	ぎゅうにゅう 牛奶
コーラ 可樂	ビール 啤酒	アイスクリーム 冰淇淋
バナナ 香蕉	もも 桃子	ケーキ 蛋糕
ぐらい （像…）的程度	くすり 藥	

買（か）う 購買

第1類

請逐字唸三遍後，再練習寫下同樣的句子。

・チーズを 買（か）います。買起司。

・にんじんを 買（か）った。 買了紅蘿蔔。

・ぎゅうにゅうを 買（か）いました。買了牛奶。

・コーラは 買（か）わない。不買可樂。

・りんごは 買（か）わなかった。沒買蘋果。

・ビールは 買（か）いませんでした。沒買啤酒。

・アイスクリームを 買（か）って ください。請買冰淇淋。

・バナナと ももを 買（か）おう。 買個香蕉和桃子吧。

・その ケーキぐらいは 買（か）える。那個蛋糕還是買得起。

・くすりを 買（か）いたい。想買藥。

かえる 回家

學習日 /

第1類 第2類 第3類

かえる

請參考中文意思，並練習將動詞「かえる」變化成適當的形態，填入空格中。

- らいしゅう いえに ＿＿＿＿＿。 下週會回家。
- せんげつ ふるさとに ＿＿＿＿。 上個月有返鄉。
- きょねん いえに ＿＿＿＿＿＿。 去年有回家。
- しょうがつも ふるさとには ＿＿＿＿＿。 大年初一也不會返鄉。
- ふるさとには ＿＿＿＿＿＿。 不會返鄉。
- きのう いえに ＿＿＿＿＿＿＿。 昨天沒回家。
- おととい いえに ＿＿＿＿＿＿＿＿＿。 前天沒回家。
- いえに ＿＿＿＿ ください。 請回家。
- いまから いえに ＿＿＿＿。 現在回家吧。
- あした いえに ＿＿＿＿。 明天能回家。
- はやく ＿＿＿＿＿。 我想快點回家。

新單字

らいしゅう 下週　ふるさと 家鄉　きょねん 去年
しょうがつ 大年初一　はやく 快點

帰（かえ）る 回家 第1類

請逐字唸三遍後，再練習寫下同樣的句子。

・らいしゅう いえに 帰（かえ）ります。下週會回家。

＿＿＿＿＿＿＿＿＿＿＿＿＿＿＿＿＿＿＿＿。

・せんげつ ふるさとに 帰（かえ）った。上個月有返鄉。

＿＿＿＿＿＿＿＿＿＿＿＿＿＿＿＿＿＿＿＿。

・きょねん いえに 帰（かえ）りました。去年有回家。

＿＿＿＿＿＿＿＿＿＿＿＿＿＿＿＿＿＿＿＿。

・しょうがつも ふるさとには 帰（かえ）らない。大年初一也不會返鄉。

＿＿＿＿＿＿＿＿＿＿＿＿＿＿＿＿＿＿＿＿。

・ふるさとには 帰（かえ）りません。不會返鄉。

＿＿＿＿＿＿＿＿＿＿＿＿＿＿＿＿＿＿＿＿。

・きのう いえに 帰（かえ）らなかった。昨天沒回家。

＿＿＿＿＿＿＿＿＿＿＿＿＿＿＿＿＿＿＿＿。

・おととい いえに 帰（かえ）りませんでした。前天沒回家。

＿＿＿＿＿＿＿＿＿＿＿＿＿＿＿＿＿＿＿＿。

・いえに 帰（かえ）って ください。請回家。

＿＿＿＿＿＿＿＿＿＿＿＿＿＿＿＿＿＿＿＿。

・いまから いえに 帰（かえ）ろう。現在回家吧。

＿＿＿＿＿＿＿＿＿＿＿＿＿＿＿＿＿＿＿＿。

・あした いえに 帰（かえ）れる。明天能回家。

＿＿＿＿＿＿＿＿＿＿＿＿＿＿＿＿＿＿＿＿。

・はやく 帰（かえ）りたい。我想快點回家。

＿＿＿＿＿＿＿＿＿＿＿＿＿＿＿＿＿＿＿＿。

かく 書寫

學習日
/

第1類 第2類 第3類

かく

請參考中文意思，並練習將動詞「かく」變化成適當的形態，填入空格中。

・まいにち にっきを ＿＿＿＿。 每天寫日記。

・せんせいに てがみを ＿＿＿。 寫了信給老師。

・ねんがじょうを ＿＿＿＿＿。 寫了賀年卡。

・わたしは めったに てがみを ＿＿＿＿。 我鮮少寫信。

・じゅうしょは ＿＿＿＿＿。 不寫住址。

・マスコミは しんじつを ＿＿＿＿＿＿。 媒體沒寫出真相。

・きょねんは ねんがじょうを ＿＿＿＿＿＿＿＿。 去年沒寫賀年卡。

・ねる まえに にっきを ＿＿＿ います。 睡前都會寫日記。

・にほんごで にっきを ＿＿＿。 用日文寫日記吧。

・しょうせつは だれでも ＿＿＿。 小說任誰都會寫。

・いつか しょうせつを ＿＿＿＿。 我希望有朝一日能寫小說。

新單字

にっき 日記	てがみ 信	めったに 鮮少
マスコミ 媒體	ねる 睡覺	～まえに 前～
にほんご 日語	しょうせつ 小說	だれでも 無論是誰都~
いつか 有朝一日		

書(か)く　書寫　第1類

請逐字唸三遍後，再練習寫下同樣的句子。

・まいにち　にっきを　書(か)きます。每天寫日記。

______________________________。

・せんせいに　てがみを　書(か)いた。寫了信給老師。

______________________________。

・ねんがじょうを　書(か)きました。寫了賀年卡。

______________________________。

・わたしは　めったに　てがみを　書(か)かない。我鮮少寫信。

______________________________。

・じゅうしょは　書(か)きません。不寫住址。

______________________________。

・マスコミは　しんじつを　書(か)かなかった。媒體沒寫出真相。

______________________________。

・きょねんは　ねんがじょうを　書(か)きませんでした。
去年沒寫賀年卡。

______________________________。

・ねる　まえに　にっきを　書(か)いて　います。睡前都會寫日記。

______________________________。

・にほんごで　にっきを　書(か)こう。用日文寫日記吧。

______________________________。

・しょうせつは　だれでも　書(か)ける。小說任誰都會寫。

______________________________。

・いつか　しょうせつを　書(か)きたい。我希望有朝一日能寫小說。

______________________________。

かける 掛、戴、打（電話）

第1類 第2類 第3類

かける

請參考中文意思，並練習將動詞「かける」變化成適當的形態，填入空格中。

・でんわを ＿ ＿ ＿ ＿。 打電話。

・かばんに かぎを ＿ ＿ ＿。 把鑰匙掛上了包包。

・ふじまさんに こえを ＿ ＿ ＿ ＿ ＿。 向藤真先生搭了話。

・かべに しゃしんは ＿ ＿ ＿ ＿。 不會把照片掛在牆上。

・かべに えは ＿ ＿ ＿ ＿ ＿。 不會把畫掛在牆上。

・きょうは めがねを ＿ ＿ ＿ ＿ ＿ ＿。 今天沒戴眼鏡。

・かんばんは まだ ＿ ＿ ＿ ＿ ＿ ＿ ＿ ＿。 招牌還沒掛起來。

・めがねを ＿ ＿ ＿ でかける。 戴眼鏡出門。

・よしださんに でんわを ＿ ＿ ＿ ＿。 打電話給吉田小姐吧。

・この じかんには ながやまさんに でんわを ＿ ＿ ＿ ＿ ＿。 這個時間可以打電話給永山先生。

・さとうさんに でんわを ＿ ＿ ＿ ＿。 我想打電話給佐藤小姐。

新單字

でんわ 電話	かぎ 鑰匙	こえ 聲音
かべ 牆壁	しゃしん 照片	え 畫
かんばん 招牌	でかける 出門	じかん 時間

掛(か)ける　掛、戴、打（電話）

第2類

請逐字唸三遍後，再練習寫下同樣的句子。

・でんわを　掛(か)けます。打電話。

＿＿＿＿＿＿＿＿＿＿＿＿＿＿＿＿＿＿＿＿。

・かばんに　かぎを　掛(か)けた。把鑰匙掛上了包包。

＿＿＿＿＿＿＿＿＿＿＿＿＿＿＿＿＿＿＿＿。

・ふじまさんに　こえを　掛(か)けました。向藤真先生搭了話。

＿＿＿＿＿＿＿＿＿＿＿＿＿＿＿＿＿＿＿＿。

・かべに　しゃしんは　掛(か)けない。不會把照片掛在牆上。

＿＿＿＿＿＿＿＿＿＿＿＿＿＿＿＿＿＿＿＿。

・かべに　えは　掛(か)けません。不會把畫掛在牆上。

＿＿＿＿＿＿＿＿＿＿＿＿＿＿＿＿＿＿＿＿。

・きょうは　めがねを　掛(か)けなかった。今天沒戴眼鏡。

＿＿＿＿＿＿＿＿＿＿＿＿＿＿＿＿＿＿＿＿。

・かんばんは　まだ　掛(か)けませんでした。招牌還沒掛起來。

＿＿＿＿＿＿＿＿＿＿＿＿＿＿＿＿＿＿＿＿。

・めがねを　掛(か)けて　でかける。戴眼鏡出門。

＿＿＿＿＿＿＿＿＿＿＿＿＿＿＿＿＿＿＿＿。

・よしださんに　でんわを　掛(か)けよう。打電話給吉田小姐吧。

＿＿＿＿＿＿＿＿＿＿＿＿＿＿＿＿＿＿＿＿。

・この　じかんには　ながやまさんに　でんわを　掛(か)けられる。
這個時間可以打電話給永山先生。

＿＿＿＿＿＿＿＿＿＿＿＿＿＿＿＿＿＿＿＿。

・さとうさんに　でんわを　掛(か)けたい。我想打電話給佐藤小姐。

＿＿＿＿＿＿＿＿＿＿＿＿＿＿＿＿＿＿＿＿。

かつ 贏

學習日 /

第1類 第2類 第3類

かつ

請參考中文意思，並練習將動詞「かつ」變化成適當的形態，填入空格中。

- ライバルチームに ____。 贏過對手隊伍。
- にほんに ____。 贏了日本。
- ちゅうごくに ____。 贏了中國。
- その しあいで ____ と…。 那場比賽沒贏的話……。
- じぶんの おうえんした チームは いつも ____。 自己支持的隊伍總是不會贏。
- いちども ____。 一次也沒贏過。
- くもは たいように ____。 雲沒贏太陽。
- かならず ____ かえります。 一定會贏回家。
- かならず ____。 一定要贏！
- その チームには ____。 能贏那一隊。
- こんかいは かならず ____。 這次一定要贏。

新單字

ライバル 敵人
しあい 比賽
いちども 一次也
かならず 一定
チーム 團隊
～と ～的話
くも 雲
こんかい 這次
ちゅうごく 中國
おうえんした 支持的
たいよう 太陽

勝(か)つ 贏 第1類

請逐字唸三遍後，再練習寫下同樣的句子。

- ライバルチームに 勝(か)ちます。贏過對手隊伍。

- にほんに 勝(か)った。贏了日本。

- ちゅうごくに 勝(か)ちました。贏了中國。

- その しあいで 勝(か)たないと。那場比賽沒贏的話……。

  TIP 「ない」後方加上「と」為假定用法。

- じぶんの おうえんした チームは いつも 勝(か)ちません。自己支持的隊伍總是不會贏。

- いちども 勝(か)たなかった。一次也沒贏過。

  TIP 帶有「原本可能獲勝（但因為某些緣故），才會輸掉」的意涵在內。

- くもは たいように 勝(か)ちませんでした。雲沒贏太陽。

- かならず 勝(か)って かえります。一定會贏回家。

- かならず 勝(か)とう。一定要贏！

- その チームには 勝(か)てる。能贏那一隊。

- こんかいは かならず 勝(か)ちたい。這次一定要贏。

かりる 借入

學習日
/

第1類 第2類 第3類

かりる

請參考中文意思，並練習將動詞「かりる」變化成適當的形態，填入空格中。

- おかねを ＿＿＿＿。 借錢。
- えいがの DVDを ＿＿＿。 借了電影的ＤＶＤ。
- おねえさんに ふくを ＿＿＿＿＿。 向姊姊借了衣服。
- おかねは ぜったい ＿＿＿＿。 絕對不會借錢。
- こんかいは レンタカーを ＿＿＿＿＿＿。 這次沒有租出租車。
- こんかいは バイクを ＿＿＿＿＿。 這次不會借機車。
- おかねは いちえんも ＿＿＿＿＿＿＿＿。 一塊錢也沒借。
- としょかんで ほんを ＿＿＿ よんだ。 在圖書館借了書來看。
- こうえんで じてんしゃを ＿＿＿＿。 在公園租腳踏車吧。
- としょかんでは ほんが ＿＿＿＿＿。 圖書館能借書。
- あたらしい いえを ＿＿＿＿。 我想租新的房子。

新單字

えいが 電影	おねえさん 姊姊	ふく 衣服
ぜったい 絕對	レンタカー 出租車	バイク 機車
いち 1	としょかん 圖書館	よんだ 閱讀了
じてんしゃ 腳踏車	あたらしい 新的	

借(か)りる 借入 第2類

請逐字唸三遍後，再練習寫下同樣的句子。

・おかねを 借(か)ります。借錢。

・えいがの DVDを 借(か)りた。借了電影的ＤＶＤ。

・おねえさんに ふくを 借(か)りました。向姊姊借了衣服。

・おかねは ぜったい 借(か)りない。絕對不會借錢。

・こんかいは レンタカーを 借(か)りなかった。
這次沒有租出租車。

・こんかいは バイクを 借(か)りません。這次不會借機車。

・おかねは いちえんも 借(か)りませんでした。一塊錢也沒借。

・としょかんで ほんを 借(か)りて よんだ。在圖書館借了書來看。

・こうえんで じてんしゃを 借(か)りよう。在公園租腳踏車吧。

・としょかんでは ほんが 借(か)りられる。圖書館能借書。

・あたらしい いえを 借(か)りたい。我想租新的房子。

かんがえる 思考

學習日 /

第1類 第2類 第3類

かんがえる

請參考中文意思，並練習將動詞「かんがえる」變化成適當的形態，填入空格中。

・ちょっと ＿＿＿＿＿＿。稍微思考一下。

・ひとりで ゆっくりと ＿＿＿＿＿。一個人慢慢地思考過。

・きのう ひとばんじゅう ＿＿＿＿＿＿＿。昨天想了一整晚。

・みついさんは まじめに ＿＿＿＿＿＿。三井先生不會認真思考。

・もんだいの こたえしか ＿＿＿＿＿＿＿。只會想問題的答案。

・その あんに ついては ＿＿＿＿＿＿＿＿。沒有思考過那個方案。

・にっていは まだ ＿＿＿＿＿＿＿＿＿＿。還沒有思考過日程。

・みんなで ＿＿＿＿＿ ください。請大家一起思考。

・それに ついては もっと ＿＿＿＿＿＿。關於那件事再多思考一下吧。

・げんいんは ちょうさけっかから ＿＿＿＿＿＿＿。
可從調查結果思考出原因。

・しょうらいに ついて ＿＿＿＿＿＿。我想思考未來。

新單字

ひとりで 一個人	ひとばんじゅう 一整晚	まじめに 認真地
もんだい 問題	こたえ 答案	あん 方案
～に ついては 關於～	にってい 日程	みんなで 大家一起
げんいん 原因	ちょうさけっか 調查結果	～から 從～
わたしたち 我們	しょうらい 未來	

かんが
考える 思考 第2類

請逐字唸三遍後，再練習寫下同樣的句子。

・ちょっと 考（かんが）えます。稍微思考一下。

____。

・ひとりで ゆっくりと 考（かんが）えた。一個人慢慢地思考過。

____。

・きのう ひとばんじゅう 考（かんが）えました。昨天想了一整晚。

____。

・みついさんは まじめに 考（かんが）えない。三井先生不會認真思考。

____。

・もんだいの こたえしか 考（かんが）えません。只會想問題的答案。

____。

・その あんに ついては 考（かんが）えなかった。沒有思考過那個方案。

____。

・にっていは まだ 考（かんが）えませんでした。還沒有思考過日程。

____。

・みんなで 考（かんが）えて ください。請大家一起思考。

____。

・それに ついては もっと 考（かんが）えよう。關於那件事再多思考一下吧。

____。

・げんいんは ちょうさけっかから 考（かんが）えられる。
可從調查結果思考出原因。

____。

・しょうらいに ついて 考（かんが）えたい。我想思考未來。

____。

きく 聽、詢問

學習日
/

第1類 第2類 第3類

きく

請參考中文意思，並練習將動詞「きく」變化成適當的形態，填入空格中。

・おんがくを ＿＿＿＿。 聽音樂。

・ともだちの なやみを ＿＿＿。 聽了朋友的煩惱。

・わからない ことは せんせいに ＿＿＿＿＿。
向老師詢問過不明白的事。

・いとうさんは ひとの はなしを ＿＿＿＿。
伊藤先生不會聽別人說話。

・つまらない はなしは ＿＿＿＿＿。 不聽無聊的事。

・その はなしは ＿＿＿＿＿＿。 沒聽說那件事。

・せんせいの いう ことを あまり ＿＿＿＿＿＿＿＿。
不太聽老師的話。

・わからない ことは わたしに ＿＿＿ ください。
不懂的事請問我。

・わからない ことは せんせいに ＿＿＿。 不懂的事就問老師吧。

・あそこで おんがくが ＿＿＿。 那裡能聽音樂。

・その バンドの おんがくが ＿＿＿＿。 我想聽那個樂團的音樂。

新單字

なやみ 煩惱	わからない 不懂	こと 事情
はなし 話、事情	つまらない 無聊的	バンド 樂團

聞(き)く　聽、詢問　第1類

請逐字唸三遍後，再練習寫下同樣的句子。

・おんがくを　聞(き)きます。聽音樂。

・ともだちの　なやみを　聞(き)いた。聽了朋友的煩惱。

・わからない　ことは　せんせいに　聞(き)きました。
向老師詢問過不明白的事。

・いとうさんは　ひとの　はなしを　聞(き)かない。伊藤先生不會聽別人說話。

・つまらない　はなしは　聞(き)きません。不聽無聊的事。

・その　はなしは　聞(き)かなかった。沒聽說那件事。

・せんせいの　いう　ことを　あまり　聞(き)きませんでした。
不太聽老師的話。

・わからない　ことは　わたしに　聞(き)いて　ください。不懂的事請問我。

・わからない　ことは　せんせいに　聞(き)こう。不懂的事就問老師吧。

・あそこで　おんがくが　聞(き)ける。那裡能聽音樂。

・その　バンドの　おんがくが　聞(き)きたい。我想聽那個樂團的音樂。

きる 穿著

學習日 /

第1類 第2類 第3類

きる

請參考中文意思，並練習將動詞「きる」變化成適當的形態，填入空格中。

・シャツを ＿＿＿。 穿襯衫。

・さむくて コートを ＿＿。 很冷，所以穿了大衣。

・ジャケットを ＿＿＿＿。 穿了夾克。

・コートは ＿＿＿。 不穿大衣。

・あつくて うわぎは ＿＿＿＿。 很熱，所以不穿外衣。

・あつくて コートは ＿＿＿＿＿。 很熱，所以沒穿大衣。

・その ワイシャツは いちども ＿＿＿＿＿＿＿。
一次都沒穿過那件西裝襯衫。

・あかい ブラウスを ＿＿ います。 穿著紅色的女用襯衫。

・すきな ふくを ＿＿＿。 穿喜歡的衣服吧。

・この ジャケットは カジュアルに ＿＿＿＿。
這件夾克能穿得很休閒。

・きいろい ドレスが ＿＿＿。 想穿黃色的禮服。

新單字

シャツ 襯衫	コート 大衣	ジャケット 夾克
うわぎ 外衣	ワイシャツ 西裝襯衫	あかい 紅色的
ブラウス 女用襯衫	すきな 喜歡的	この 這個
カジュアルに 休閒地	きいろい 黃色的	ドレス 禮服

着(き)る 穿著 第2類

請逐字唸三遍後，再練習寫下同樣的句子。

・シャツを 着(き)ます。穿襯衫。

____________________。

・さむくて コートを 着(き)た。很冷，所以穿了大衣。

____________________。

・ジャケットを 着(き)ました。穿了夾克。

____________________。

・コートは 着(き)ない。不穿大衣。

____________________。

・あつくて うわぎは 着(き)ません。很熱，所以不穿外衣。

____________________。

・あつくて コートは 着(き)なかった。很熱，所以沒穿大衣。

____________________。

・その ワイシャツは いちども 着(き)ませんでした。
一次都沒穿過那件西裝襯衫。

____________________。

・あかい ブラウスを 着(き)て います。穿著紅色的女用襯衫。

____________________。

・すきな ふくを 着(き)よう。穿喜歡的衣服吧。

____________________。

・この ジャケットは カジュアルに 着(き)られる。
這件夾克能穿得很休閒。

____________________。

・きいろい ドレスが 着(き)たい。想穿黃色的禮服。

____________________。

きる 切、剪

學習日 /

第1類 第2類 第3類

きる

請參考中文意思，並練習將動詞「きる」變化成適當的形態，填入空格中。

- リボンを ＿＿＿＿。 剪緞帶。
- かみのけを みじかく ＿＿＿。 把頭髮剪短了。
- ふくの タグを ＿＿＿＿＿。 剪掉了衣服的吊牌。
- きゅうりは ＿＿＿＿。 小黃瓜不切。
- じゃがいもは いま ＿＿＿＿＿。 馬鈴薯現在不切。
- いっかげつも つめを ＿＿＿＿＿＿。 長達一個月沒剪指甲。
- たまねぎは ＿＿＿＿＿＿＿＿。 洋蔥還沒切。
- きれいに ＿＿＿ ください。 請切得漂亮一點。
- はさみで いろがみを ＿＿＿。 用剪刀剪色紙吧。
- この ほうちょうで あんぜんに ＿＿＿。 這把菜刀能安全地切東西。

新單字

リボン 緞帶	かみのけ 頭髮	みじかく 短地
タグ 吊牌	きゅうり 小黃瓜	じゃがいも 馬鈴薯
いっかげつも 長達一個月	たまねぎ 洋蔥	つめ 指甲
きれいに 漂亮地	はさみ 剪刀	～で 藉由～
いろがみ 色紙	ほうちょう 菜刀	あんぜんに 安全地

切る 切、剪 第1類

請逐字唸三遍後，再練習寫下同樣的句子。

- リボンを 切ります。剪緞帶。
- かみのけを みじかく 切った。把頭髮剪短了。
- ふくの タグを 切りました。剪掉了衣服的吊牌。
- きゅうりは 切らない。小黃瓜不切。
- じゃがいもは いま 切りません。馬鈴薯現在不切。
- いっかげつも つめを 切らなかった。長達一個月沒剪指甲。
- たまねぎは 切りませんでした。洋蔥還沒切。
- きれいに 切って ください。請切得漂亮一點。
- はさみで いろがみを 切ろう。用剪刀剪色紙吧。
- この ほうちょうで あんぜんに 切れる。這把菜刀能安全地切東西。

くる 來

學習日
/

第1類 第2類 第3類

く る

請參考中文意思，並練習將動詞「くる」變化成適當的形態，填入空格中。

・がっこうに ___ ___ ___。 來學校。

・デパートに ___ ___。 來百貨公司了。

・もりさんは きのう かいしゃに ___ ___ ___ ___。 森小姐昨天有來公司。

・たなかさんは かいしゃに ___ ___ ___。 田中先生不會來公司。

・メールが ___ ___ ___ ___。 郵件不會寄來。

・メールは まだ ___ ___ ___ ___ ___。 郵件還沒寄來。

・すずきさんは きのう かいしゃに ___ ___ ___ ___ ___ ___ ___。 鈴木小姐昨天沒來公司。

・あさ しちじから ___ ___ います。 早上七點就來了。

・こんどは なかださんと ___ ___ ___。 下次跟仲田先生一起來吧。

・あさ しちじには ___ ___ ___ ___。 能早上七點來。

・こんどは あやのさんと ___ ___ ___。 下次想和綾乃小姐一起來。

新單字

デパート 百貨公司　かいしゃ 公司　メール 郵件
あさ 早上　こんど 下次

来(く)る 來 第3類

請逐字唸三遍後，再練習寫下同樣的句子。

・がっこうに 来(き)ます。 來學校。

・デパートに 来(き)た。 來百貨公司了。

・もりさんは きのう かいしゃに 来(き)ました。 森小姐昨天有來公司。

・たなかさんは かいしゃに 来(こ)ない。 田中先生不會來公司。

・メールが 来(き)ません。 郵件不會寄來。

・メールは まだ 来(こ)なかった。 郵件還沒寄來。

・すずきさんは きのう かいしゃに 来(き)ませんでした。
鈴木小姐昨天沒來公司。

・あさ しちじから 来(き)て います。 早上七點就來了。

・こんどは なかださんと 来(こ)よう。 下次跟仲田先生一起來吧。

・あさ しちじには 来(こ)られる。 能早上七點來。

・こんどは あやのさんと 来(き)たい。 下次想和綾乃小姐一起來。

くれる（對方）給予（己方）

學習日 /

第1類 第2類 第3類

くれる

請參考中文意思，並練習將動詞「くれる」變化成適當的形態，填入空格中。

・わたしの　かれは　いつも　はなたばを　＿＿＿＿。
我的男朋友總是會送我花束。

・みなみさんは　わたしに　ろくまんえんを　＿＿＿。
南小姐給了我六萬圓。

・ともだちは　ワインと　チーズを　＿＿＿＿＿。　朋友送了紅酒和起司給我。

・かのじょは　いつも　でんわを　＿＿＿＿。　她老是不打電話給我。

・しゃちょうは　わたしには　ボーナスを　＿＿＿＿＿。
社長不會發獎金給我。

・かれは　わたしには　チケットを　＿＿＿＿＿＿。　他沒給我票。

・あかぎさんは　わたしには　ジュースを　＿＿＿＿＿＿＿＿。
赤城先生沒給我果汁。

・たんじょうびに　かれが　ゆびわを　＿＿＿　うれしかった。
他在生日送了戒指給我，我很高興。

新單字

はなたば　花束	ろくまんえん　6萬圓	ワイン　紅酒
はな　花	ボーナス　獎金	チケット　票
ジュース　果汁	ゆびわ　戒指	うれしかった　高興的

くれる（對方）給予（己方）

第2類

請逐字唸三遍後，再練習寫下同樣的句子。

・わたしの　かれは　いつも　はなたばを　くれます。
我的男朋友總是會送我花束。

＿＿＿＿＿＿＿＿＿＿＿＿＿＿＿＿＿＿＿＿。

・みなみさんは　わたしに　ろくまんえんを　くれた。
南小姐給了我六萬圓。

＿＿＿＿＿＿＿＿＿＿＿＿＿＿＿＿＿＿＿＿。

・ともだちは　ワインと　チーズを　くれました。
朋友送了紅酒和起司給我。

＿＿＿＿＿＿＿＿＿＿＿＿＿＿＿＿＿＿＿＿。

・かのじょは　いつも　でんわを　くれない。 她老是不打電話給我。

＿＿＿＿＿＿＿＿＿＿＿＿＿＿＿＿＿＿＿＿。

・しゃちょうは　わたしには　ボーナスを　くれません。
社長不會發獎金給我。

＿＿＿＿＿＿＿＿＿＿＿＿＿＿＿＿＿＿＿＿。

・かれは　わたしには　チケットを　くれなかった。
他沒給我票。

＿＿＿＿＿＿＿＿＿＿＿＿＿＿＿＿＿＿＿＿。

・あかぎさんは　わたしには　ジュースを　くれませんでした。
赤城先生沒給我果汁。

＿＿＿＿＿＿＿＿＿＿＿＿＿＿＿＿＿＿＿＿。

・たんじょうびに　かれが　ゆびわを　くれて　うれしかった。
他在生日送了戒指給我，我很高興。

＿＿＿＿＿＿＿＿＿＿＿＿＿＿＿＿＿＿＿＿。

こたえる 回答

學習日 /

第1類 第2類 第3類

こ た え る

請參考中文意思，並練習將動詞「こたえる」變化成適當的形態，填入空格中。

- しつもんに ______。 回答問題。
- わたしは はんたいだと ______。 我回答反對。
- むすこは わたしの しつもんに ______。 兒子不會回答我的問題。
- みちで アンケートに ______。 在路上填了問卷。
- じけんに ついて なにも ______。 對於事件什麼都沒回答。
- ひとりしか ______。 只有一個人回答。
- ちゃんと ______ ください。 請好好回答。
- クイズに ______。 猜謎語吧。
- その はんいでは きちんと ______。 這個範圍的話就能準確回答。
- クイズに ぜんぶ ______。 我想猜完所有謎語。

新單字

しつもん 問題　はんたい 反對　アンケート 問卷調查
~について 對於~　クイズ 謎語　はんい 範圍
きちんと 準確地　ぜんぶ 全部

答（こた）える 回答

第2類

請逐字唸三遍後，再練習寫下同樣的句子。

・しつもんに 答（こた）えます。回答問題。

＿＿＿＿＿＿＿＿＿＿＿＿＿＿＿＿＿＿＿＿＿＿。

・わたしは はんたいだと 答（こた）えた。我回答反對。

＿＿＿＿＿＿＿＿＿＿＿＿＿＿＿＿＿＿＿＿＿＿。

・むすこは わたしの しつもんに 答（こた）えない。
兒子不會回答我的問題。

＿＿＿＿＿＿＿＿＿＿＿＿＿＿＿＿＿＿＿＿＿＿。

・みちで アンケートに 答（こた）えました。在路上填了問卷。

＿＿＿＿＿＿＿＿＿＿＿＿＿＿＿＿＿＿＿＿＿＿。

・じけんに ついて なにも 答（こた）えなかった。
對於事件什麼都沒回答。

＿＿＿＿＿＿＿＿＿＿＿＿＿＿＿＿＿＿＿＿＿＿。

・ひとりしか 答（こた）えませんでした。只有一個人回答。

＿＿＿＿＿＿＿＿＿＿＿＿＿＿＿＿＿＿＿＿＿＿。

・ちゃんと 答（こた）えて ください。請好好回答。

＿＿＿＿＿＿＿＿＿＿＿＿＿＿＿＿＿＿＿＿＿＿。

・クイズに 答（こた）えよう。猜謎語吧。

＿＿＿＿＿＿＿＿＿＿＿＿＿＿＿＿＿＿＿＿＿＿。

・その はんいでは きちんと 答（こた）えられる。
這個範圍的話就能好好回答。

＿＿＿＿＿＿＿＿＿＿＿＿＿＿＿＿＿＿＿＿＿＿。

・クイズに ぜんぶ 答（こた）えたい。我想猜完所有謎語。

＿＿＿＿＿＿＿＿＿＿＿＿＿＿＿＿＿＿＿＿＿＿。

こまる 困擾、傷腦筋

學習日
/

第1類 第2類 第3類

こまる

請參考中文意思，並練習將動詞「こまる」變化成適當的形態，填入空格中。

・おきゃくさん、それは ＿＿＿＿＿。 客人，這會讓我們很困擾。

・すりに あって とても ＿＿＿＿。 遇到扒手，相當傷腦筋。

・はだの トラブルで ＿＿＿＿＿＿。 曾經為了肌膚問題而困擾過。

・がくひには ＿＿＿＿＿。 不會為學費傷腦筋。

・せいかつには ＿＿＿＿＿＿。 不會為生活傷腦筋。

・おかねが なくても ＿＿＿＿＿＿＿。 沒錢也不覺得困擾。

・にほんごが わからなくても ＿＿＿＿＿＿＿＿＿。
不懂日文也沒覺得困擾。

・みずが なくて ＿＿＿＿ います。 正為了沒有水而傷腦筋。

新單字

おきゃくさん 客人	すり 扒手	はだ 肌膚
トラブル 問題	がくひ 學費	せいかつ 生活
わからなくても 即使不懂	みず 水	なくて 沒有

困る(こま) 困擾、傷腦筋 第1類

請逐字唸三遍後，再練習寫下同樣的句子。

- おきゃくさん、それは 困(こま)ります。客人，這會讓我們很困擾。

1 2 3 ＿＿＿＿＿＿＿＿＿＿。

- すりに あって とても 困(こま)った。遇到扒手，相當傷腦筋。

1 2 3 ＿＿＿＿＿＿＿＿＿＿。

- はだの トラブルで 困(こま)りました。曾經為了肌膚問題而困擾過。

1 2 3 ＿＿＿＿＿＿＿＿＿＿。

- がくひには 困(こま)らない。不會為學費傷腦筋。

1 2 3 ＿＿＿＿＿＿＿＿＿＿。

- せいかつには 困(こま)りません。不會為生活傷腦筋。

1 2 3 ＿＿＿＿＿＿＿＿＿＿。

- おかねが なくても 困(こま)らなかった。沒錢也不覺得困擾。

1 2 3 ＿＿＿＿＿＿＿＿＿＿。

- にほんごが わからなくても 困(こま)りませんでした。
不懂日文也沒覺得困擾。

1 2 3 ＿＿＿＿＿＿＿＿＿＿。

- みずが なくて 困(こま)って います。正為了沒有水而傷腦筋。

1 2 3 ＿＿＿＿＿＿＿＿＿＿。

さく 開（花）

學習日 /

第1類 第2類 第3類

さく

請參考中文意思，並練習將動詞「さく」變化成適當的形態，填入空格中。

・さくらが ＿＿＿＿。 櫻花開。

・はなが ＿＿＿。 花開了。

・ばらが ＿＿＿＿＿。 玫瑰花開了。

・さむくて はなが ＿＿＿＿。 很冷，所以花不開。

・なぜか あさがおが ＿＿＿＿＿。 牽牛花不知為何不開花。

・ことしは にわの チューリップが ＿＿＿＿＿＿。
今年庭院的鬱金香沒開花。

・しがつなのに さくらが ＿＿＿＿＿＿＿＿。
都四月了櫻花卻沒開花。

・にわに いろいろな はなが ＿＿＿ います。
庭院開著各式各樣的花。

新單字

さくら 櫻花	ばら 玫瑰	なぜか 不知為何
あさがお 牽牛花	チューリップ 鬱金香	しがつ 4月
～なのに 明明～	いろいろな 各式各樣的	

咲（さ）く 開（花） 第1類

請逐字唸三遍後，再練習寫下同樣的句子。

1 2 3 ・さくらが 咲（さ）きます。櫻花開。

____。

1 2 3 ・はなが 咲（さ）いた。花開了。

____。

1 2 3 ・ばらが 咲（さ）きました。玫瑰花開了。

____。

1 2 3 ・さむくて はなが 咲（さ）かない。很冷，所以花不開。

____。

1 2 3 ・なぜか あさがおが 咲（さ）きません。牽牛花不知為何不開花。

____。

1 2 3 ・ことしは にわの チューリップが 咲（さ）かなかった。
今年庭院的鬱金香沒開花。

____。

1 2 3 ・しがつなのに さくらが 咲（さ）きませんでした。
都四月了櫻花卻沒開花。

____。

1 2 3 ・にわに いろいろな はなが 咲（さ）いて います。
庭院開著各式各樣的花。

____。

しめる 關上

學習日 /

第1類 第2類 第3類

しめる

請參考中文意思，並練習將動詞「しめる」變化成適當的形態，填入空格中。

・ねる まえに カーテンを ＿＿＿＿。睡前關上窗簾。
・さむくて げんかんの ドアを ＿＿＿。很冷，所以關上了玄關的門。
・かばんを ちゃんと ＿＿＿＿＿。把包包關好。
・こどもの へやの ドアは ＿＿＿＿。不關孩子的房間門。
・みせは にちようびでも ＿＿＿＿＿。店週日也不會關。
・うっかりして まどを ＿＿＿＿＿＿。一不留神沒關窗戶。
・ジャムの ふたを ＿＿＿＿＿＿＿＿。沒蓋上果醬的蓋子。
・ドアを しずかに ＿＿＿ ください。請安靜關門。
・かぎは かならず ＿＿＿＿。務必上鎖。
・その ドアは かんたんに ＿＿＿＿＿。那扇門能簡單關上。
・さむいので まどを ＿＿＿＿。很冷，想關窗戶。

新單字

カーテン 窗簾
うっかりして 不留神
ジャム 果醬
かんたんに 簡單地
げんかん 玄關
みせ 店家
ふた 蓋子
ドア 門
にちようび 週日
しずかに 安靜地

閉(し)める 闕上 第2類

請逐字唸三遍後，再練習寫下同樣的句子。

・ねる まえに カーテンを 閉(し)めます。睡前關上窗簾。

・さむくて げんかんの ドアを 閉(し)めた。很冷，所以關上了玄關的門。

・かばんを ちゃんと 閉(し)めました。把包包關好。

・こどもの へやの ドアは 閉(し)めない。不關孩子的房間門。

・みせは にちようびでも 閉(し)めません。店週日也不會關。

・うっかりして まどを 閉(し)めなかった。一不留神沒關窗戶。

・ジャムの ふたを 閉(し)めませんでした。沒蓋上果醬的蓋子。

・ドアを しずかに 閉(し)めて ください。請安靜關門。

・かぎは かならず 閉(し)めよう。務必上鎖。

・その ドアは かんたんに 閉(し)められる。那扇門能簡單關上。

・さむいので まどを 閉(し)めたい。很冷，想關窗戶。

すてる 丟棄

學習日
/

第1類 第2類 第3類

すてる

請參考中文意思，並練習將動詞「すてる」變化成適當的形態，填入空格中。

- ごみを ____。 丟垃圾。
- あきかんを ____。 丟了空罐。
- ごみばこに ____。 丟到了垃圾桶。
- あきびんは ____。 不丟空瓶。
- わたしは きぼうを ____。 我不放棄希望。
- かしゅへの ゆめは ____。 我不放棄成為歌手的夢想。
- こどもの ときの ふくは まだ ____。 小時候的衣服還沒丟。
- ごみは ごみばこに ____ ください。 垃圾請丟到垃圾桶。
- いらない ものは ぜんぶ ____。 丟掉所有不需要的東西吧。
- この ふくは ぜんぶ ____。 這衣服能全部丟掉。
- ぜんぶ ____。 想全部丟掉。

新單字

ごみ 垃圾
あきびん 空瓶
～への 往～的
いらない 不需要的
あきかん 空罐
きぼう 希望
ゆめ 夢想
ごみばこ 垃圾桶
かしゅ 歌手
こどもの とき 小時候

捨てる 丟棄 第2類

請逐字唸三遍後，再練習寫下同樣的句子。

- ごみを 捨てます。丟垃圾。

- あきかんを 捨てた。丟了空罐。

- ごみばこに 捨てました。丟到了垃圾桶。

- あきびんは 捨てない。不丟空瓶。

- わたしは きぼうを 捨てません。我不放棄希望。

- かしゅへの ゆめは 捨てなかった。我不放棄成為歌手的夢想。

- こどもの ときの ふくは まだ 捨てませんでした。
小時候的衣服還沒丟。

- ごみは ごみばこに 捨てて ください。垃圾請丟到垃圾桶。

- いらない ものは ぜんぶ 捨てよう。丟掉所有不需要的東西吧。

- この ふくは ぜんぶ 捨てられる。這衣服能全部丟掉。

- ぜんぶ 捨てたい。想全部丟掉。

すむ 居住

學習日 /

第1類 第2類 第3類

すむ

請參考中文意思，並練習將動詞「すむ」變化成適當的形態，填入空格中。

・きょうから ここに ＿＿＿＿。 明天開始住這裡。

・その まちには ながねん ＿＿＿。 在那個城鎮住了很多年。

・くうこうの ちかくに ＿＿＿＿＿。 曾住在機場附近。

・いっしょには ＿＿＿＿。 不會一起住。

・ここには ＿＿＿＿＿。 不會住在這裡。

・しゅくしゃには ろっかげつしか ＿＿＿＿＿＿。 宿舍只住了六個月。

・あの いえには いちねんしか ＿＿＿＿＿＿＿＿。 那棟房子只住了一年。

・いま とうきょうに ＿＿＿ います。 現在住在東京。

・この いえは ろくにん ＿＿＿。 這間房子可以住六個人。

・うみべに ＿＿＿＿。 我想住在海邊。

新單字

まち 城鎮	ながねん 長年	くうこう 機場
ちかく 附近	いっしょには 一起	いま 現在
ろっかげつ 6個月	いちねん 1年	しゅくしゃ 宿舍
ろくにん 六人	うみべ 海邊	

住む 居住 第1類

請逐字唸三遍後，再練習寫下同樣的句子。

・きょうから ここに 住みます。明天開始住這裡。

・その まちには ながねん 住んだ。在那個城鎮住了很多年。

・くうこうの ちかくに 住みました。曾住在機場附近。

・いっしょには 住まない。不會一起住。

・ここには 住みません。不會住在這裡。

・しゅくしゃには ろっかげつしか 住まなかった。
宿舍只住了六個月。

・あの いえには いちねんしか 住みませんでした。
那棟房子只住了一年。

・いま とうきょうに 住んで います。現在住在東京。

・この いえは ろくにん 住める。這間房子可以住六個人。

・うみべに 住みたい。我想住在海邊。

する 做

學習日
/

第1類 第2類 第3類

する

請參考中文意思，並練習將動詞「する」變化成適當的形態，填入空格中。

・まいにち うんどう ＿＿＿。 每天都會運動。

・あさから かいぎを ＿＿。 早上開了會。

・かようびは しゅくだいを ＿＿＿＿。 週二寫了功課。

・げつようびは えいぎょうを ＿＿＿。 週一不營業。

・もくようびは こうえんを ＿＿＿＿。 週四不會演講。

・どようびは なにも ＿＿＿＿＿。 週六什麼都沒做。

・きのうは べんきょうを ＿＿＿＿＿＿＿。 昨天沒念書。

・キッチンで りょうりを ＿＿ います。 正在廚房做菜。

・いなかの せいかつを たいけん ＿＿＿。 體驗鄉下的生活吧。

・この りょうりは こどもでも ＿＿＿。 這道菜小孩也能做。

・てんきが いいから さんぽが ＿＿＿。 天氣很好，我想散步。

新單字

うんどう 運動	かいぎ 會議	かようび 週二
しゅくだい 功課	げつようび 週一	えいぎょう 營業
もくようび 週四	こうえん 演講	どようび 週六
べんきょう 念書	キッチン 廚房	りょうり 做菜
いなか 鄉下	たいけん 體驗	さんぽ 散步

する 做 第3類

請逐字唸三遍後，再練習寫下同樣的句子。

・まいにち うんどうします。每天都會運動。

＿＿＿＿＿＿＿＿＿＿＿＿＿＿＿＿＿＿＿＿。

・あさから かいぎを した。早上開了會。

＿＿＿＿＿＿＿＿＿＿＿＿＿＿＿＿＿＿＿＿。

・かようびは しゅくだいを しました。週二寫了功課。

＿＿＿＿＿＿＿＿＿＿＿＿＿＿＿＿＿＿＿＿。

・げつようびは えいぎょうを しない。週一不營業。

＿＿＿＿＿＿＿＿＿＿＿＿＿＿＿＿＿＿＿＿。

・もくようびは こうえんを しません。週四不會演講。

＿＿＿＿＿＿＿＿＿＿＿＿＿＿＿＿＿＿＿＿。

・どようびは なにも しなかった。週六什麼都沒做。

＿＿＿＿＿＿＿＿＿＿＿＿＿＿＿＿＿＿＿＿。

・きのうは べんきょうを しませんでした。
昨天沒念書。

＿＿＿＿＿＿＿＿＿＿＿＿＿＿＿＿＿＿＿＿。

・キッチンで りょうりを して います。正在廚房做菜。

＿＿＿＿＿＿＿＿＿＿＿＿＿＿＿＿＿＿＿＿。

・いなかの せいかつを たいけんしよう。體驗鄉下的生活吧。

＿＿＿＿＿＿＿＿＿＿＿＿＿＿＿＿＿＿＿＿。

・この りょうりは こどもでも できる。這道菜小孩也能做。

＿＿＿＿＿＿＿＿＿＿＿＿＿＿＿＿＿＿＿＿。

・てんきが いいから さんぽが したい。天氣很好，我想散步。

＿＿＿＿＿＿＿＿＿＿＿＿＿＿＿＿＿＿＿＿。

すわる 坐

學習日
/

第1類 第2類 第3類

すわる

請參考中文意思，並練習將動詞「すわる」變化成適當的形態，填入空格中。

・いすに ＿＿＿＿＿。 坐椅子。

・ベンチに ＿＿＿＿。 坐到長椅上。

・ソファに ＿＿＿＿＿＿。 坐到沙發上。

・せきが　あっても ＿＿＿＿＿。 就算有座位也不坐。

・せきが　なくて ＿＿＿＿＿＿。 沒座位所以不坐。

・ゆうせんせきだから ＿＿＿＿＿＿＿。 因為是博愛座，所以沒坐。

・ゆうせんせきだから ＿＿＿＿＿＿＿＿＿。
因為是博愛座，所以沒坐。

・あそこに ＿＿＿＿ ください。 請坐在那裡。

・あの　ベンチに ＿＿＿＿。 坐那張長椅吧。

・やっと ＿＿＿＿。 終於能坐下了。

・ちょっと ＿＿＿＿＿。 我想稍微坐一下。

新單字

いす 椅子　　ベンチ 長椅　　ソファ 沙發
せき 座位　　あっても 即使有　　ゆうせんせき 博愛座
やっと 終於

座る（すわる） 坐

第1類

請逐字唸三遍後，再練習寫下同樣的句子。

・いすに 座（すわ）ります。坐椅子。

・ベンチに 座（すわ）った。坐到長椅上。

・ソファに 座（すわ）りました。坐到沙發上。

・せきが あっても 座（すわ）らない。就算有座位也不坐。

・せきが なくて 座（すわ）りません。沒座位所以不坐。

・ゆうせんせきだから 座（すわ）らなかった。因為是博愛座，所以沒坐。

・ゆうせんせきだから 座（すわ）りませんでした。
因為是博愛座，所以沒坐。

・あそこに 座（すわ）って ください。請坐在那裡。

・あの ベンチに 座（すわ）ろう。坐那張長椅吧。

・やっと 座（すわ）れる。終於能坐下了。

・ちょっと 座（すわ）りたい。我想稍微坐一下。

だす 寄出、拿出、交出

學習日
/

第1類 第2類 第3類

だす

請參考中文意思，並練習將動詞「だす」變化成適當的形態，填入空格中。

・てがみを ＿＿＿＿。寄信。
・ごみを そとに ＿＿＿。把垃圾拿出去外面了。
・こづつみを ＿＿＿＿＿。寄出了包裹。
・きょうは ごみを ＿＿＿＿。今天不丟垃圾。
・うっかりして てがみを ＿＿＿＿＿＿。一時疏忽沒寄信。
・きょうまでの しょるいを ＿＿＿＿＿＿＿＿。
沒把截至昨天的文件交出去。
・レポートは あしたまでに ＿＿＿ ください。請在明天以前交報告。
・ごみを そとに ＿＿＿。把垃圾拿到外面吧。
・この みちでは スピードが ＿＿＿。這條路能加速。
・さいこうの せいかを ＿＿＿＿。我想做出最棒的成果。

新單字

こづつみ 包裹	しょるい 文件	レポート 報告
しゅうまつ 週末	さいこう 最棒	せいか 成果

出(だ)す 寄出、拿出、交出 第1類

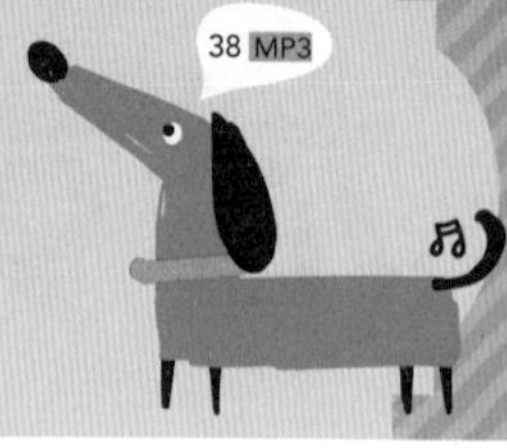

請逐字唸三遍後，再練習寫下同樣的句子。

- てがみを 出(だ)します。寄信。

- ごみを そとに 出(だ)した。把垃圾拿出去外面了。

- こづつみを 出(だ)しました。寄出了包裹。

- きょうは ごみを 出(だ)さない。今天不丟垃圾。

- うっかりして てがみを 出(だ)さなかった。一時疏忽沒寄信。

- きょうまでの しょるいを 出(だ)しませんでした。
  沒把截至昨天的文件交出去。

- レポートは あしたまでに 出(だ)して ください。
  請在明天以前交報告。

- ごみを そとに 出(だ)そう。把垃圾拿到外面吧。

- この みちでは スピードが 出(だ)せる。這條路能加速。

- さいこうの せいかを 出(だ)したい。我想做出最棒的成果。

たつ 站立

學習日
/

第1類 第2類 第3類

たつ

請參考中文意思，並練習將動詞「たつ」變化成適當的形態，填入空格中。

・ステージに ＿＿＿＿。 站到舞台上。

・やっと ちょうじょうに ＿＿＿。 終於登頂了。

・もりさんの はなしには はらが ＿＿＿＿＿。 對森先生說的事感到氣憤。

・あいての たちばに ＿＿＿＿。 不站在對方的立場。

・あまり やくに ＿＿＿＿＿。 不太能派上用場。

・さいごまで せきを ＿＿＿＿＿＿。 到最後都沒離開座位。

・しんいちさんの こうどうには はらが ＿＿＿＿＿＿＿＿。 對新一先生的行為沒感到生氣。

・はらが ＿＿＿ しょうが なかった。 生氣也沒辦法。

・らいねんは せかいの ぶたいに ＿＿＿。 明年讓我們站在世界的舞台吧！

・うちの こは ひとりで ＿＿＿。 我家孩子能一個人站起來。

・あいてより ゆういに ＿＿＿＿。 我想比對方更佔上風。

新單字

ステージ 舞台
はらが たつ 生氣
やく 角色
こうどう 行為
うちの こ 我家孩子
ちょうじょう 巔峰
あいて 對方
やくに たつ 派上用場
しょうが なかった 沒辦法
ゆうい 優勢地位
はら 肚子
たちば 立場
さいご 最後
らいねん 明年

立(た)つ 站立 第1類

請逐字唸三遍後，再練習寫下同樣的句子。

・ステージに 立(た)ちます。站到舞台上。

＿＿＿＿＿＿＿＿＿＿＿＿＿＿＿＿＿＿＿＿。

・やっと ちょうじょうに 立(た)った。終於登頂了。

＿＿＿＿＿＿＿＿＿＿＿＿＿＿＿＿＿＿＿＿。

・もりさんの はなしには はらが 立(た)ちました。
對森先生說的事感到氣憤。

TIP はら的意思為「肚子」，加上動詞たつ，組成「はらがたつ」，表示「生氣」之意。

＿＿＿＿＿＿＿＿＿＿＿＿＿＿＿＿＿＿＿＿。

・あいての たちばに 立(た)たない。不站在對方的立場。

＿＿＿＿＿＿＿＿＿＿＿＿＿＿＿＿＿＿＿＿。

・あまり やくに 立(た)ちません。不太能派上用場。

TIP やく加上動詞たつ，組成「やくにたつ」，表示「有幫助、有用處」之意。

＿＿＿＿＿＿＿＿＿＿＿＿＿＿＿＿＿＿＿＿。

・さいごまで せきを 立(た)たなかった。到最後都沒離開座位。

＿＿＿＿＿＿＿＿＿＿＿＿＿＿＿＿＿＿＿＿。

・しんいちさんの こうどうには はらが 立(た)ちませんでした。
對新一先生的行為沒感到生氣。

＿＿＿＿＿＿＿＿＿＿＿＿＿＿＿＿＿＿＿＿。

・はらが 立(た)って しょうが なかった。生氣也沒辦法。

＿＿＿＿＿＿＿＿＿＿＿＿＿＿＿＿＿＿＿＿。

・らいねんは せかいの ぶたいに 立(た)とう。明年讓我們站在世界的舞台吧！

＿＿＿＿＿＿＿＿＿＿＿＿＿＿＿＿＿＿＿＿。

・うちの こは ひとりで 立(た)てる。我家孩子能一個人站起來。

＿＿＿＿＿＿＿＿＿＿＿＿＿＿＿＿＿＿＿＿。

・あいてより ゆういに 立(た)ちたい。我想比對方更佔上風。

＿＿＿＿＿＿＿＿＿＿＿＿＿＿＿＿＿＿＿＿。

たのしむ 享受

學習日 /

第1類 第2類 第3類

たのしむ

請參考中文意思，並練習將動詞「たのしむ」變化成適當的形態，填入空格中。

- りょこうを ＿＿＿＿＿＿。 享受旅行。
- せんしゅうは もみじを ＿＿＿＿＿。 上禮拜欣賞了楓葉。
- まりさんの りょうりを ＿＿＿＿＿＿＿。 享用了真里小姐的料理。
- たかぎさんは はなみを ＿＿＿＿＿＿。 高木先生不享受賞櫻。
- きむらさんは つりを ＿＿＿＿＿＿＿。 木村小姐不享受釣魚。
- これまでは じんせいを ＿＿＿＿＿＿＿＿。 至今都沒享受人生。
- ことしは はなみを ＿＿＿＿＿＿＿＿＿＿。 今年沒賞花。
- あきの もみじを ＿＿＿＿＿ ください。 請欣賞秋天的楓葉。
- うみで つりを ＿＿＿＿＿。 在海邊享受釣魚的樂趣吧。
- あの こうえんでは きれいな さくらが ＿＿＿＿＿。 那座公園能欣賞美麗的櫻花。
- はるを もっと ＿＿＿＿＿＿。 我想多享受春天。

新單字

りょこう 旅行	もみじ 楓葉	はなみ 賞花
つり 釣魚	これまでは 至今	あき 秋天
きれいな 漂亮的	はる 春天	

楽（たの）しむ 享受 第1類

請逐字唸三遍後，再練習寫下同樣的句子。

・りょこうを 楽（たの）しみます。享受旅行。

・せんしゅうは もみじを 楽（たの）しんだ。上禮拜欣賞了楓葉。

・まりさんの りょうりを 楽（たの）しみました。享用了真里小姐的料理。

・たかぎさんは はなみを 楽（たの）しまない。高木先生不享受賞櫻。

・きむらさんは つりを 楽（たの）しみません。木村小姐不享受釣魚。

・これまでは じんせいを 楽（たの）しまなかった。至今都沒享受人生。

・ことしは はなみを 楽（たの）しみませんでした。
今年沒賞花。

・あきの もみじを 楽（たの）しんで ください。請欣賞秋天的楓葉。

・うみで つりを 楽（たの）しもう。在海邊享受釣魚的樂趣吧。

・あの こうえんでは きれいな さくらが 楽（たの）しめる。
那座公園能欣賞美麗的櫻花。

・はるを もっと 楽（たの）しみたい。我想多享受春天。

たべる 吃

學習日 /

第1類 第2類 第3類

たべる

請參考中文意思，並練習將動詞「たべる」變化成適當的形態，填入空格中。

- パンを ________。 吃麵包。
- ごはんを ______。 吃了飯。
- おいしい ケーキを __________。 吃了美味的蛋糕。
- なっとうは ぜんぜん ________。 完全不吃納豆。
- やさいは あまり __________。 不太吃蔬菜。
- きのうは パンを ____________。 昨天沒吃麵包。
- ダイエットちゅうで ラーメンは ________________。 因為在減肥，沒吃拉麵。
- この ケーキを ______ ください。 請吃這個蛋糕。
- あの しょくどうで ラーメンを ________。 在那個食堂吃拉麵吧。
- あの しょくどうでは おいしい うどんが __________。 那間食堂能吃到美味的烏龍麵。
- しんせんな すしが ________。 我想吃新鮮的壽司。

新單字

パン 麵包	ごはん 飯	おいしい 好吃的、美味的
なっとう 納豆	やさい 蔬菜	ダイエット 減肥
～ちゅう 正在～中	ラーメン 拉麵	しょくどう 食堂
うどん 烏龍麵	しんせんな 新鮮的	すし 壽司

食（た）べる 吃

第2類

請逐字唸三遍後，再練習寫下同樣的句子。

・パンを 食（た）べます。吃麵包。

____。

・ごはんを 食（た）べた。吃了飯。

____。

・おいしい ケーキを 食（た）べました。吃了美味的蛋糕。

____。

・なっとうは ぜんぜん 食（た）べない。完全不吃納豆。

____。

・やさいは あまり 食（た）べません。不太吃蔬菜。

____。

・きのうは パンを 食（た）べなかった。昨天沒吃麵包。

____。

・ダイエットちゅうで ラーメンは 食（た）べませんでした。
因為在減肥，沒吃拉麵。

____。

・この ケーキを 食（た）べて ください。請吃這個蛋糕。

____。

・あの しょくどうで ラーメンを 食（た）べよう。在那個食堂吃拉麵吧。

____。

・あの しょくどうでは おいしい うどんが 食（た）べられる。
那間食堂能吃到美味的烏龍麵。

____。

・しんせんな すしが 食（た）べたい。我想吃新鮮的壽司。

____。

ちがう 不同

學習日
/

第1類 第2類 第3類

ちがう

請參考中文意思，並練習將動詞「ちがう」變化成適當的形態，填入空格中。

・けいさんが ＿＿＿＿＿。 計算不同。

・そうぞうと ぜんぜん ＿＿＿＿。 與想像中完全不同。

・なまえが ＿＿＿＿＿＿。 名字不同。

・わたしと かれの いけんは あまり ＿＿＿＿＿。
我和他的意見幾乎沒有不同。

・そんなに おおきく ＿＿＿＿＿＿。 沒有那麼大的差異。

・サイズと いろは ＿＿＿＿＿＿＿。 尺寸與顏色沒有錯。

・そんなに たくさん ＿＿＿＿＿＿＿＿＿。
沒有那麼多差異。

・そうぞうした イメージと ＿＿＿＿ がっかりした。
與想像中的樣子不同，令人失望。

新單字

けいさん 計算　　そうぞう 想像　　そんなに 那麼地
おおきく 大大地　　サイズ 尺寸　　いろ 顏色
イメージ 印象　　がっかりした 失望

違（ちが）う　不同

第1類

請逐字唸三遍後，再練習寫下同樣的句子。

・けいさんが 違（ちが）います。計算不同。

・そうぞうと ぜんぜん 違（ちが）った。與想像中完全不同。

・なまえが 違（ちが）いました。名字不同。

・わたしと かれの いけんは あまり 違（ちが）わない。
我和他的意見幾乎沒有不同。

・そんなに おおきく 違（ちが）いません。沒有那麼大的差異。

・サイズと いろは 違（ちが）わなかった。尺寸與顏色沒有錯。

・そんなに たくさん 違（ちが）いませんでした。沒有那麼多差異。

・そうぞうした イメージと 違（ちが）って がっかりした。
與想像中的樣子不同，令人失望。

つかう 使用

第1類 第2類 第3類

つかう

請參考中文意思，並練習將動詞「つかう」變化成適當的形態，填入空格中。

- パソコンを ＿＿＿＿＿。 使用電腦。
- マジックを ＿＿＿＿。 使用了魔法。
- しごとで ＿＿＿＿＿＿。 用來工作。
- この りょうりに とりにくは ＿＿＿＿＿。 這道菜不會使用雞肉。
- スマートフォンは ＿＿＿＿＿＿。 不用智慧型手機。
- この パンに バターは ＿＿＿＿＿＿＿。 這個麵包沒有使用奶油。
- この クッキーに さとうは ＿＿＿＿＿＿＿＿＿。 這個餅乾沒有使用砂糖。
- この ペンを ＿＿＿＿ ください。 請使用這支筆。
- インターネットを うまく ＿＿＿＿。 善用網路吧。
- かいがいでも インターネットが ＿＿＿＿。 國外也能用網路。
- かいがいで スマホを ＿＿＿＿＿。 我想在國外使用手機。

新單字

パソコン 電腦	マジック 魔法	しごと 工作
とりにく 雞肉	スマートフォン 智慧型手機	バター 奶油
クッキー 餅乾	さとう 砂糖	ペン 筆
インターネット 網路	うまく 妥善地	かいがい 國外
スマホ 智慧型手機（略語）		

使(つか)う 使用 第1類

請逐字唸三遍後，再練習寫下同樣的句子。

・パソコンを 使(つか)います。使用電腦。

・マジックを 使(つか)った。使用了魔法。

・しごとで 使(つか)いました。用來工作。

・この りょうりに とりにくは 使(つか)わない。這道菜不會使用雞肉。

・スマートフォンは 使(つか)いません。不用智慧型手機。

・この パンに バターは 使(つか)わなかった。這個麵包沒有使用奶油。

・この クッキーに さとうは 使(つか)いませんでした。
這個餅乾沒有使用砂糖。

・この ペンを 使(つか)って ください。請使用這支筆。

・インターネットを うまく 使(つか)おう。善用網路吧。

・かいがいでも インターネットが 使(つか)える。
國外也能用網路。

・かいがいで スマホを 使(つか)いたい。我想在國外使用手機。

つかれる 疲累

學習日
/

第1類 第2類 第3類

つ か れ る

請參考中文意思，並練習將動詞「つかれる」變化成適當的形態，填入空格中。

- その しごとは とても ＿＿＿＿＿。 那份工作很累人。
- かんぜんに ＿＿＿＿。 整個人都很累。
- あさから しごとを して とても ＿＿＿＿＿＿。 一早就開始工作，非常累。
- この ぐらいでは ぜんぜん ＿＿＿＿＿。 這種程度完全不累。
- １じかん あるいても ぜんぜん ＿＿＿＿＿＿。 就算走一小時也完全不累。
- てつやしたのに ぜんぜん ＿＿＿＿＿＿＿。 明明熬夜，卻完全不累。
- きのうは ぜんぜん ＿＿＿＿＿＿＿＿＿。 昨天完全不累。
- まいにち ＿＿＿＿ います。 每天都很累。

新單字

かんぜんに 完全地　　１じかん １小時　　あるいても 就算走

てつや 熬夜　　～のに 明明～卻～

疲(つか)れる　疲累

第2類

請逐字唸三遍後，再練習寫下同樣的句子。

・その　しごとは　とても　疲(つか)れます。那份工作很累人。

・かんぜんに　疲(つか)れた。整個人都很累。

・あさから　しごとを　して　とても　疲(つか)れました。
一早就開始工作，非常累。

・この　ぐらいでは　ぜんぜん　疲(つか)れない。這種程度完全不累。

・１じかん　あるいても　ぜんぜん　疲(つか)れません。
就算走一小時也完全不累。

・てつやしたのに　ぜんぜん　疲(つか)れなかった。明明熬夜，卻完全不累。

・きのうは　ぜんぜん　疲(つか)れませんでした。昨天完全不累。

・まいにち　疲(つか)れて　います。每天都很累。

つくる 製作

學習日 /

第1類 第2類 第3類

つくる

請參考中文意思，並練習將動詞「つくる」變化成適當的形態，填入空格中。

・ロボットを ＿＿＿＿＿。 製作機器人。

・とんかつを ＿＿＿＿。 做了豬排。

・テーブルを ＿＿＿＿＿＿。 做了桌子。

・あさごはんは ＿＿＿＿＿。 不做早餐。

・いすは ＿＿＿＿＿＿。 不做椅子。

・カレンダーは ＿＿＿＿＿＿＿。 沒做日曆。

・プールは ＿＿＿＿＿＿＿＿＿。 沒蓋游泳池。

・ぎゅうにゅうから チーズを ＿＿＿＿ います。
把牛奶做成起司。

・にんぎょうを ＿＿＿＿。 來做人偶吧。

・さかなりょうりが ＿＿＿＿。 能做魚料理。

・スパゲッティを ＿＿＿＿＿。 我想做義大利麵。

新單字

ロボット 機器人
カレンダー 日曆
スパゲッティ 義大利麵
とんかつ 豬排
にんぎょう 人偶
あさごはん 早餐
さかなりょうり 魚料理

作(つく)る 製作 第1類

請逐字唸三遍後，再練習寫下同樣的句子。

・ロボットを 作(つく)ります。製作機器人。

____。

・とんかつを 作(つく)った。做了豬排。

____。

・テーブルを 作(つく)りました。做了桌子。

____。

・あさごはんは 作(つく)らない。不做早餐。

____。

・いすは 作(つく)りません。不做椅子。

____。

・カレンダーは 作(つく)らなかった。沒做日曆。

____。

・プールは 作(つく)りませんでした。沒蓋游泳池。

____。

・ぎゅうにゅうから チーズを 作(つく)って います。
把牛奶做成起司。

____。

・にんぎょうを 作(つく)ろう。來做人偶吧。

____。

・さかなりょうりが 作(つく)れる。能做魚料理。

____。

・スパゲッティを 作(つく)りたい。我想做義大利麵。

____。

てつだう 幫忙

學習日
/

第1類 第2類 第3類

てつだう

請參考中文意思，並練習將動詞「てつだう」變化成適當的形態，填入空格中。

・ははを ＿＿＿＿＿＿。幫忙媽媽。

・しごとを ＿＿＿＿＿。幫忙工作。

・さらあらいを ＿＿＿＿＿＿＿。幫忙洗盤子。

・かじも いくじも ＿＿＿＿＿＿。做家事和帶小孩都不幫忙。

・なにも ＿＿＿＿＿＿＿。什麼都不幫忙。

・おおそうじを ＿＿＿＿＿＿＿＿。沒幫忙大掃除。

・だれも ＿＿＿＿＿＿＿＿＿＿。誰都沒幫忙。

・ちょっと ＿＿＿＿＿ ください。請幫我一下。

・せんぱいを ＿＿＿＿＿。來幫前輩吧。

・さんじ いこうなら ＿＿＿＿＿。三點以後的話就能幫忙。

・おとうとの ダイエットを ＿＿＿＿＿＿。我想幫弟弟減肥。

新單字

はは 媽媽	さらあらい 洗盤子	かじ 家事
いくじ 帶小孩	おおそうじ 大掃除	さんじ 3點
いこう 之後	～なら ～的話	

手伝（てつだ）う 幫忙 第1類

請逐字唸三遍後，再練習寫下同樣的句子。

- ははを 手伝（てつだ）います。幫忙媽媽。
- しごとを 手伝（てつだ）った。幫忙工作。
- さらあらいを 手伝（てつだ）いました。幫忙洗盤子。
- かじも いくじも 手伝（てつだ）わない。做家事和帶小孩都不幫忙。
- なにも 手伝（てつだ）いません。什麼都不幫忙。
- おおそうじを 手伝（てつだ）わなかった。沒幫忙大掃除。
- だれも 手伝（てつだ）いませんでした。誰都沒幫忙。
- ちょっと 手伝（てつだ）って ください。請幫我一下。
- せんぱいを 手伝（てつだ）おう。來幫前輩吧。
- さんじ いこうなら 手伝（てつだ）える。三點以後的話就能幫忙。
- おとうとの ダイエットを 手伝（てつだ）いたい。我想幫弟弟減肥。

でる 出去

學習日 /

第1類 第2類 第3類

でる

請參考中文意思，並練習將動詞「でる」變化成適當的形態，填入空格中。

・そとに ＿＿＿。出去外面。

・むすこが いえを ＿＿。兒子出家門了。

・ねこが いえを ＿＿＿＿。貓跑出家門了。

・すずきさんは いえを ＿＿＿。鈴木小姐不出家門。

・こいぬが ふとんの なかから ＿＿＿＿。小狗不會從被子裡出來。

・かぜで こえが ＿＿＿＿＿。感冒發不出聲音。

・はなみずは ＿＿＿＿＿＿＿。沒有流鼻水。

・そとに ＿＿ ください。請出去外面。

・こうえんにでも ＿＿＿。出門去個公園吧。

・やっと ＿＿＿＿。終於能出門。

・てんきが いいので そとに ＿＿＿。天氣很好，我想出去外面。

新單字

ふとん 被子　かぜ 感冒　はなみず 鼻水

～にでも （連接詞）前往～

出（で）る 出去 第2類

請逐字唸三遍後，再練習寫下同樣的句子。

・そとに 出（で）ます。出去外面。

・むすこが いえを 出（で）た。兒子出家門了。

・ねこが いえを 出（で）ました。貓跑出家門了。

・すずきさんは いえを 出（で）ない。鈴木小姐不出家門。

・こいぬが ふとんの なかから 出（で）ません。
小狗不會從被子裡出來。

・かぜで こえが 出（で）なかった。感冒發不出聲音。

・はなみずは 出（で）ませんでした。沒有流鼻水。

・そとに 出（で）て ください。請出去外面。

・こうえんにでも 出（で）よう。出門去個公園吧。

・やっと 出（で）られる。終於能出門。

・てんきが いいので そとに 出（で）たい。天氣很好，我想出去外面。

とぶ 飛行

學習日
/

第1類 第2類 第3類

とぶ

請參考中文意思，並練習將動詞「とぶ」變化成適當的形態，填入空格中。

・そらを ＿＿＿＿。在空中飛。

・そらを ＿＿＿。從空中飛過。

・かみひこうきは そらたかく ＿＿＿＿＿。紙飛機高高地飛。

・はとが ＿＿＿＿。鴿子不飛。

・つよい かぜで ひこうきが ＿＿＿＿＿。飛機因強風而不起飛。

・おおあめで ひこうきが ＿＿＿＿＿＿。飛機因大雨而沒起飛。

・おおゆきで ひこうきが ＿＿＿＿＿＿＿＿。飛機因大雪而沒起飛。

・あそこに とんぼが ＿＿＿ いる。蜻蜓在那裡飛。

・いっしょに そらを ＿＿＿。一起在天上飛吧。

・たかは そらたかく ＿＿＿。老鷹能飛得很高。

・わたしも そらを ＿＿＿＿。我也想在天空飛。

新單字

そら 天空	かみひこうき 紙飛機	そらたかく 高高地
はと 鴿子	つよい 強烈的	かぜ 風
おおあめ 大雨	おおゆき 大雪	とんぼ 蜻蜓
いっしょに 一起	たか 老鷹	

飛(と)ぶ 飛行 第1類

請逐字唸三遍後，再練習寫下同樣的句子。

・そらを 飛(と)びます。在空中飛。

・そらを 飛(と)んだ。從空中飛過。

・かみひこうきは そらたかく 飛(と)びました。紙飛機高高地飛。

・はとが 飛(と)ばない。鴿子不飛。

・つよい かぜで ひこうきが 飛(と)びません。飛機因強風而不起飛。

・おおあめで ひこうきが 飛(と)ばなかった。飛機因大雨而沒起飛。

・おおゆきで ひこうきが 飛(と)びませんでした。
飛機因大雪而沒起飛。

・あそこに とんぼが 飛(と)んで いる。蜻蜓在那裡飛。

・いっしょに そらを 飛(と)ぼう。一起在天上飛吧。

・たかは そらたかく 飛(と)べる。老鷹能飛得很高。

・わたしも そらを 飛(と)びたい。我也想在天空飛。

とまる 停止

學習日 /

第1類 第2類 第3類

とまる

請參考中文意思，並練習將動詞「とまる」變化成適當的形態，填入空格中。

・くるまが ＿＿＿＿＿。 車子會停下。

・とけいが ＿＿＿＿。 時鐘停了。

・じかんが ＿＿＿＿＿＿。 時間停止了。

・でんしゃが ＿＿＿＿＿。 電車不會停。

・せきが ＿＿＿＿＿＿。 咳不停。

・なみだが ＿＿＿＿＿＿＿。 淚流不止。

・はなみずが ＿＿＿＿＿＿＿＿＿。 鼻水流不停。

・ここで ＿＿＿＿ ください。 請停在這裡。

新單字

とけい 時鐘　　でんしゃ 電車　　せき 咳嗽

なみだ 眼淚

止（と）まる 停止 第1類

請逐字唸三遍後，再練習寫下同樣的句子。

・くるまが 止（と）まります。車子會停下。

____。

・とけいが 止（と）まった。時鐘停了。

____。

・じかんが 止（と）まりました。時間停止了。

____。

・でんしゃが 止（と）まらない。電車不會停。

____。

・せきが 止（と）まりません。咳不停。

____。

・なみだが 止（と）まらなかった。淚流不止。

____。

・はなみずが 止（と）まりませんでした。鼻水流不停。

____。

・ここで 止（と）まって ください。請停在這裡。

____。

とる 拿取、（年紀）增長

學習日 /

第1類 第2類 第3類

とる

請參考中文意思，並練習將動詞「とる」變化成適當的形態，填入空格中。

・としを ＿ ＿ ＿ ＿。 年紀增長。

・きょねん めんきょを ＿ ＿ ＿。 去年拿到駕照。

・きんメダルを ＿ ＿ ＿ ＿ ＿。 拿到金牌。

・こうはいは オフィスで でんわを ＿ ＿ ＿ ＿。 後輩在辦公室不接電話。

・なかださんは せきにんを ＿ ＿ ＿ ＿ ＿。 中田先生不會負責任。

・すいようびには やすみを ＿ ＿ ＿ ＿ ＿ ＿。 週三不會請假。

・よやくは まだ ＿ ＿ ＿ ＿ ＿ ＿ ＿ ＿。 還沒預約。

・イさんからの れんらくを ＿ ＿ ＿ ください。 請聯繫李小姐。

・ちゃんと せきにんを ＿ ＿ ＿。 好好負起責任吧。

・この うみでは さかなが たくさん ＿ ＿ ＿。 這片海能抓到很多魚。

・かんこくごきょうしの しかくが ＿ ＿ ＿ ＿。 我想考韓語教師資格。

新單字

とし 年歲	めんきょ 駕照	きんメダル 金牌
こうはい 後輩	オフィス 辦公室	すいようび 週三
やすみ 休假	よやく 預約	れんらく 聯絡
せきにん 責任	かんこくご 韓語	きょうし 教師
しかく 資格		

取る 拿取、（年紀）增長

第1類

請逐字唸三遍後，再練習寫下同樣的句子。

- とします 取ります。年紀增長。
- きょねん めんきょを 取った。去年拿到駕照。
- きんメダルを 取りました。拿到金牌。
- こうはいは オフィスで でんわを 取らない。
  後輩在辦公室不接電話。
- なかださんは せきにんを 取りません。中田先生不會負責任。
- すいようびには やすみを 取らなかった。週三不會請假。
- よやくは まだ 取りませんでした。還沒預約。
- イさんからの れんらくを 取って ください。請聯繫李小姐。
- ちゃんと せきにんを 取ろう。好好負起責任吧。
- この うみでは さかなが たくさん 取れる。
  這片海能抓到很多魚。
- かんこくごきょうしの しかくが 取りたい。我想考韓語教師資格。

とる 拍攝

學習日 /

第1類 第2類 第3類

とる

請參考中文意思，並練習將動詞「とる」變化成適當的形態，填入空格中。

・しゃしんを ＿＿＿＿。 拍攝照片。

・かぞくしゃしんを ＿＿＿。 拍了全家福合照。

・きねんしゃしんを ＿＿＿＿＿。 拍了紀念照。

・たにんの しゃしんは ＿＿＿＿。 不拍別人的照片。

・しゃしんは あまり ＿＿＿＿＿。 不太拍照。

・きねんしゃしんは ＿＿＿＿＿＿。 沒拍紀念照。

・かぞくしゃしんは ＿＿＿＿＿＿＿＿。 沒拍全家福。

・ここで しゃしんを ＿＿＿ ください。 請在這裡拍照。

・あの まえで しゃしんを ＿＿＿。 在那個前面拍照吧。

・あそこなら いい しゃしんが ＿＿＿。 那邊的話能拍到好照片。

・パンダの しゃしんが ＿＿＿＿。 我想拍貓熊的照片。

新單字

かぞく 家人　きねん 紀念　たにん 別人

パンダ 貓熊

撮る 拍攝 第1類

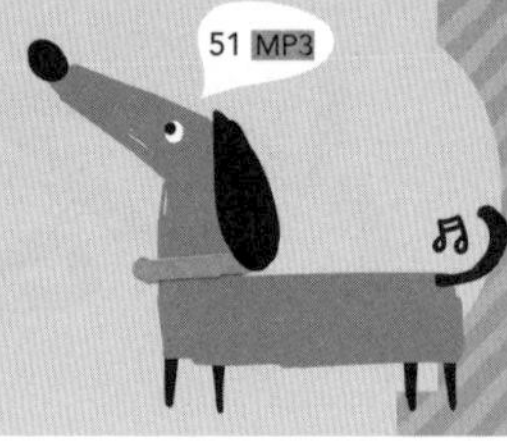

請逐字唸三遍後，再練習寫下同樣的句子。

・しゃしんを 撮ります。拍攝照片。

______________________________。

・かぞくしゃしんを 撮った。拍了全家福合照。

______________________________。

・きねんしゃしんを 撮りました。拍了紀念照。

______________________________。

・たにんの しゃしんは 撮らない。不拍別人的照片。

______________________________。

・しゃしんは あまり 撮りません。不太拍照。

______________________________。

・きねんしゃしんは 撮らなかった。沒拍紀念照。

______________________________。

・かぞくしゃしんは 撮りませんでした。沒拍全家福。

______________________________。

・ここで しゃしんを 撮って ください。請在這裡拍照。

______________________________。

・あの まえで しゃしんを 撮ろう。在那個前面拍照吧。

______________________________。

・あそこなら いい しゃしんが 撮れる。那邊的話能拍到好照片。

______________________________。

・パンダの しゃしんが 撮りたい。我想拍貓熊的照片。

______________________________。

なく 哭泣

學習日 /

第1類 第2類 第3類

なく

請參考中文意思，並練習將動詞「なく」變化成適當的形態，填入空格中。

・あの こは まいにち ＿＿＿＿。 那孩子每天都在哭。

・わたしは こどもの とき よく ＿＿＿。 我小時候經常哭。

・その ドラマを みて ＿＿＿＿＿。 看了那齣戲哭了。

・わたしは なかなか ＿＿＿＿。 我不太會哭。

・なにが あっても ぜんぜん ＿＿＿＿＿。 發生什麼事也完全不哭。

・プロポーズの ときも ＿＿＿＿＿＿。 求婚的時候也沒哭。

・ひどく けがした ときにも ＿＿＿＿＿＿＿＿。 受重傷的時候也沒哭。

・その えいがは ぜったい ＿＿＿。 那部電影一定很感人。

新單字

あのこ 那孩子	よく 經常	ドラマ 戲劇
みて 看	プロポーズ 求婚	とき 時候
ひどく 嚴重地	けが（を）する 受傷	

泣く 哭泣

第1類

請逐字唸三遍後，再練習寫下同樣的句子。

・あの　こは　まいにち　泣きます。那孩子每天都在哭。

＿＿＿＿＿＿＿＿＿＿＿＿＿＿＿＿＿＿＿＿。

・わたしは　こどもの　とき　よく　泣いた。我小時候經常哭。

＿＿＿＿＿＿＿＿＿＿＿＿＿＿＿＿＿＿＿＿。

・その　ドラマを　みて　泣きました。看了那齣戲哭了。

＿＿＿＿＿＿＿＿＿＿＿＿＿＿＿＿＿＿＿＿。

・わたしは　なかなか　泣かない。我不太會哭。

＿＿＿＿＿＿＿＿＿＿＿＿＿＿＿＿＿＿＿＿。

・なにが　あっても　ぜんぜん　泣きません。
發生什麼事也完全不哭。

＿＿＿＿＿＿＿＿＿＿＿＿＿＿＿＿＿＿＿＿。

・プロポーズの　ときも　泣かなかった。求婚的時候也沒哭。

＿＿＿＿＿＿＿＿＿＿＿＿＿＿＿＿＿＿＿＿。

・ひどく　けがした　ときにも　泣きませんでした。
受重傷的時候也沒哭。

＿＿＿＿＿＿＿＿＿＿＿＿＿＿＿＿＿＿＿＿。

・その　えいがは　ぜったい　泣ける。那部電影一定很感人。

＿＿＿＿＿＿＿＿＿＿＿＿＿＿＿＿＿＿＿＿。

なげる 丟擲

學習日
/

第1類 第2類 第3類

なげる

請參考中文意思，並練習將動詞「なげる」變化成適當的形態，填入空格中。

・ボールを ＿＿＿＿。 丟球。

・ふんすいに コインを ＿＿＿。 丟銅板到噴水池裡。

・しつもんを ＿＿＿＿＿。 問了問題。

・ふんすいに コインは ＿＿＿＿。 不會丟銅板到噴水池裡。

・ごみは みちに ＿＿＿＿＿。 不會把垃圾丟到路上。

・けっきょく はながたさんは ボールを ＿＿＿＿＿＿。 結果花形先生沒投球。

・わたしは あきかんを ＿＿＿＿＿＿＿＿。 我沒丟空罐。

・だれかが いしを ＿＿＿ けがを しました。 有人丟石頭而受了傷。

・ボールを たかく ＿＿＿＿。 把球投得高一點吧。

・ボールを とおく ＿＿＿＿＿。 能把球丟很遠。

・もっと はやい ボールを ＿＿＿＿。 我想投出更快的球。

新單字

ボール 球	ふんすい 噴水池	コイン 銅板
だれか 某人	いし 石頭	けっきょく 結果
たかく 高高地	とおく 遠遠地	はやい 快速的

投(な)げる　丟擲　第2類

請逐字唸三遍後，再練習寫下同樣的句子。

・ボールを　投(な)げます。丟球。

____。

・ふんすいに　コインを　投(な)げた。丟銅板到噴水池裡。

____。

・しつもんを　投(な)げました。問了問題。

____。

・ふんすいに　コインは　投(な)げない。不會丟銅板到噴水池裡。

____。

・ごみは　みちに　投(な)げません。不會把垃圾丟到路上。

____。

・けっきょく　はながたさんは　ボールを　投(な)げなかった。
結果花形先生沒投球。

____。

・わたしは　あきかんを　投(な)げませんでした。我沒丟空罐。

____。

・だれかが　いしを　投(な)げて　けがを　しました。有人丟石頭而受了傷。

____。

・ボールを　たかく　投(な)げよう。把球投得高一點吧。

____。

・ボールを　とおく　投(な)げられる。能把球丟很遠。

____。

・もっと　はやい　ボールを　投(な)げたい。我想投出更快的球。

____。

ならう 學習

學習日
/

第1類 第2類 第3類

ならう

請參考中文意思，並練習將動詞「ならう」變化成適當的形態，填入空格中。

- にほんごを ＿＿＿＿＿。學日文。
- きょねん ピアノを ＿＿＿＿。去年學了鋼琴。
- ちちに テニスを ＿＿＿＿＿＿。向爸爸學網球。
- それは きょうかしょでは ＿＿＿＿＿。這在教科書學不到。
- ちゅうがっこうでは それを ＿＿＿＿＿＿。國中的時候沒有學這個。
- こんな えいごの ひょうげんは ＿＿＿＿＿＿＿。沒學過這種英文的表達方式。
- こうこうでは それを ＿＿＿＿＿＿＿＿＿。高中沒有學這個。
- フランスごを ＿＿＿＿ います。正在學法語。
- ダンスを ＿＿＿＿。來學跳舞吧。
- いっしゅうかんは むりょうで ＿＿＿＿。可以免費學習一週。
- ちゅうごくごを ＿＿＿＿＿。我想學中文。

新單字

ピアノ 鋼琴
きょうかしょ 教科書
えいご 英文
いっしゅうかん 一週
ちち 爸爸
こうこう 高中
ひょうげん 表達方式
むりょう 免費
テニス 網球
こんな 這種
ダンス 跳舞
ちゅうごくご 中文

習(なら)う 學習 第1類

請逐字唸三遍後，再練習寫下同樣的句子。

・にほんごを 習(なら)います。學日文。

・きょねん ピアノを 習(なら)った。去年學了鋼琴。

・ちちに テニスを 習(なら)いました。向爸爸學網球。

・それは きょうかしょでは 習(なら)わない。這在教科書學不到。

・ちゅうがっこうでは それを 習(なら)いません。國中的時候沒有學這個。

・こんな えいごの ひょうげんは 習(なら)わなかった。沒學過這種英文的表達方式。

・こうこうでは それを 習(なら)いませんでした。
高中沒有學這個。

・フランスごを 習(なら)って います。正在學法語。

・ダンスを 習(なら)おう。來學跳舞吧。

・いっしゅうかんは むりょうで 習(なら)える。可以免費學習一週。

・ちゅうごくごを 習(なら)いたい。我想學中文。

なれる 習慣

學習日
/

第1類 第2類 第3類

なれる

請參考中文意思，並練習將動詞「なれる」變化成適當的形態，填入空格中。

・あたらしい　しごとに ＿＿＿＿。 習慣新工作。

・だいがくせいかつに ＿＿＿。 習慣了大學生活。

・なつの　あつさにも　もう ＿＿＿＿＿。 已經習慣夏天的炎熱。

・ストレスには　ぜんぜん ＿＿＿＿。 完全不習慣壓力。

・なかなか　しごとに ＿＿＿＿＿。 怎麼也習慣不了工作。

・さむさには　まだ ＿＿＿＿＿＿。 還沒習慣寒冷。

・その　しごとは　さいごまで ＿＿＿＿＿＿＿＿。
到最後都沒習慣那份工作。

・あたらしい　かみがたには　もう ＿＿＿ います。
已經習慣新的髮型。

・あたらしい　せいかつに ＿＿＿＿。 好好習慣新生活吧！

・あたらしい　しごとに ＿＿＿＿＿ ように　がんばりたい。
我想努力習慣新的工作。

・がいこくでの　せいかつに　はやく ＿＿＿＿。
我想趕快習慣外國的生活。

新單字

あつさ 炎熱　もう 已經　ストレス 壓力
さむさ 寒冷　かみがた 髮型　がいこく 外國
がんばりたい 想努力

慣(な)れる 習慣 第2類

請逐字唸三遍後，再練習寫下同樣的句子。

・あたらしい しごとに 慣(な)れます。習慣新工作。

____。

・だいがくせいかつに 慣(な)れた。習慣了大學生活。

____。

・なつの あつさにも もう 慣(な)れました。已經習慣夏天的炎熱。

____。

・ストレスには ぜんぜん 慣(な)れない。完全不習慣壓力。

____。

・なかなか しごとに 慣(な)れません。怎麼也習慣不了工作。

____。

・さむさには まだ 慣(な)れなかった。還沒習慣寒冷。

____。

・その しごとは さいごまで 慣(な)れませんでした。
到最後都沒習慣那份工作。

____。

・あたらしい かみがたには もう 慣(な)れて います。
已經習慣新的髮型。

____。

・あたらしい せいかつに 慣(な)れよう。好好習慣新生活吧！

____。

・あたらしい しごとに 慣(な)れられる ように がんばりたい。
我想努力習慣新的工作。

____。

・がいこくでの せいかつに はやく 慣(な)れたい。我想趕快習慣外國的生活。

____。

ぬぐ 脱掉

學習日 /

第1類 第2類 第3類

ぬ ぐ

請參考中文意思，並練習將動詞「ぬぐ」變化成適當的形態，填入空格中。

・コートを ＿＿＿＿。 脫掉大衣
・あつくて ジャケットを ＿＿＿。 很熱所以脫了外套。
・くつを ＿＿＿＿＿。 脫了鞋子。
・しつないでも コートを ＿＿＿＿。 室內也不脫大衣。
・さむくて くつしたは ＿＿＿＿＿。 很冷所以不脫襪子。
・さむくて ジャケットは ＿＿＿＿＿＿。 很冷所以沒脫夾克。
・ぼうしは ＿＿＿＿＿＿＿＿。 沒脫帽子。
・くつを ＿＿＿ ください。 請脫鞋。
・たたみだから くつは ＿＿＿。 地板是榻榻米，脫鞋吧。
・うちの こは ひとりで ズボンが ＿＿＿。 我家孩子能一個人脫褲子。
・てぶくろを ＿＿＿＿。 我想脫掉手套。

新單字

くつ 鞋子	しつない 室內	くつした 襪子
ぼうし 帽子	たたみ 榻榻米	ズボン 褲子
てぶくろ 手套		

脱（ぬ）ぐ 脱掉 第1類

請逐字唸三遍後，再練習寫下同樣的句子。

・コートを 脱（ぬ）ぎます。脱掉大衣

・あつくて ジャケットを 脱（ぬ）いだ。很熱所以脫了外套。

・くつを 脱（ぬ）ぎました。脫了鞋子。

・しつないでも コートを 脱（ぬ）がない。室內也不脫大衣。

・さむくて くつしたは 脱（ぬ）ぎません。很冷所以不脫襪子。

・さむくて ジャケットは 脱（ぬ）がなかった。很冷所以沒脫夾克。

・ぼうしは 脱（ぬ）ぎませんでした。沒脫帽子。

・くつを 脱（ぬ）いで ください。請脫鞋。

・たたみだから くつは 脱（ぬ）ごう。地板是榻榻米，脫鞋吧。

・うちの こは ひとりで ズボンが 脱（ぬ）げる。
我家孩子能一個人脫褲子。

・てぶくろを 脱（ぬ）ぎたい。我想脫掉手套。

ねる 睡覺

第1類 第2類 第3類

ねる

請參考中文意思，並練習將動詞「ねる」變化成適當的形態，填入空格中。

- ぐっすり ＿ ＿ ＿。 酣然入睡。
- よく ＿ ＿。 睡得很好。
- ゆうべは ぐっすり ＿ ＿ ＿ ＿。 昨晚睡得很熟。
- こんやは ＿ ＿ ＿。 今晚不睡覺。
- あかちゃんが よる ＿ ＿ ＿ ＿。 嬰兒晚上不睡覺。
- いちじかんも ＿ ＿ ＿ ＿ ＿。 連一小時也沒睡。
- じゅっぷんも ＿ ＿ ＿ ＿ ＿ ＿ ＿。 連十分鐘也沒睡。
- あかちゃんは ぐっすり ＿ ＿ いる。 嬰兒正熟睡中。
- はやく ＿ ＿ ＿。 快睡吧。
- やっと ＿ ＿ ＿ ＿。 終於能睡了。
- ちょっと ＿ ＿ ＿。 我想睡一下。

新單字

ぐっすり 熟睡貌　　こんや 今晚　　よる 晚上

いちじかん 1小時　　じゅっぷん １０分鐘

寝(ね)る 睡覺 第2類

請逐字唸三遍後，再練習寫下同樣的句子。

・ぐっすり 寝(ね)ます。酣然入睡。

______________________________。

・よく 寝(ね)た。睡得很好。

______________________________。

・ゆうべは ぐっすり 寝(ね)ました。昨晚睡得很熟。

______________________________。

・こんやは 寝(ね)ない。今晚不睡覺。

______________________________。

・あかちゃんが よる 寝(ね)ません。嬰兒晚上不睡覺。

______________________________。

・いちじかんも 寝(ね)なかった。連一小時也沒睡。

______________________________。

・じゅっぷんも 寝(ね)ませんでした。連十分鐘也沒睡。

______________________________。

・あかちゃんは ぐっすり 寝(ね)て いる。嬰兒正熟睡中。

______________________________。

・はやく 寝(ね)よう。快睡吧。

______________________________。

・やっと 寝(ね)られる。終於能睡了。

______________________________。

・ちょっと 寝(ね)たい。我想睡一下。

______________________________。

のむ 喝

學習日
/

第1類 第2類 第3類

のむ

請參考中文意思，並練習將動詞「のむ」變化成適當的形態，填入空格中。

- コーヒーを ＿＿＿＿。 喝咖啡。
- みずを ＿＿＿。 喝了水。
- ビールを ＿＿＿＿＿。 喝了啤酒。
- こうちゃは ＿＿＿＿。 不喝紅茶。
- きょうは おちゃを ＿＿＿＿＿。 今天不喝茶。
- コーヒーは ＿＿＿＿＿＿。 沒喝咖啡。
- ゆうべ おさけは ＿＿＿＿＿＿＿＿。 昨晚沒喝酒。
- ぎゅうにゅうを ＿＿＿ います。 正在喝牛奶。
- あついから あそこで ジュースでも ＿＿＿。 很熱，在那裡喝個果汁之類的吧。
- ココアは いつでも ＿＿＿。 可可隨時都能喝。
- つめたい ビールが ＿＿＿＿。 我想喝冰涼的啤酒。

新單字

コーヒー 咖啡	こうちゃ 紅茶	おちゃ 茶
おさけ 酒	あつい 熱的	いつ 何時
ココア 可可	つめたい 冰涼的	

飲む 喝 第1類

請逐字唸三遍後，再練習寫下同樣的句子。

・コーヒーを 飲みます。喝咖啡。

____。

・みずを 飲んだ。喝了水。

____。

・ビールを 飲みました。喝了啤酒。

____。

・こうちゃは 飲まない。不喝紅茶。

____。

・きょうは おちゃを 飲みません。今天不喝茶。

____。

・コーヒーは 飲まなかった。沒喝咖啡。

____。

・ゆうべ おさけは 飲みませんでした。昨晚沒喝酒。

____。

・ぎゅうにゅうを 飲んで います。正在喝牛奶。

____。

・あついから あそこで ジュースでも 飲もう。
很熱，在那裡喝個果汁之類的吧。

____。

・ココアは いつでも 飲める。可可隨時都能喝。

____。

・つめたい ビールが 飲みたい。我想喝冰涼的啤酒。

____。

のる 搭乘

學習日 /

第1類 第2類 第3類

のる

請參考中文意思，並練習將動詞「のる」變化成適當的形態，填入空格中。

・ちかてつに ＿＿＿＿。 搭地下鐵。

・ゆうべは タクシーに ＿＿＿。 昨晚搭了計程車。

・バスに ＿＿＿＿＿。 搭了公車。

・ちかてつは あまり ＿＿＿＿。 不常搭地下鐵。

・タクシーは あまり ＿＿＿＿＿。 不常搭計程車。

・こんしゅうは じてんしゃに ＿＿＿＿＿＿。 這週沒騎腳踏車。

・せんしゅうは タクシーに ＿＿＿＿＿＿＿＿。 上週沒搭計程車。

・あそこで バスに ＿＿＿ ください。 請在那裡搭公車。

・あそこで バスに ＿＿＿。 在那裡搭公車吧。

・あの こうえんでは じてんしゃに ＿＿＿。 那座公園裡能騎腳踏車。

・つかれたので タクシーに ＿＿＿＿。 我累了，所以想搭計程車。

新單字

ちかてつ 地下鐵　　～に（＋のる） 搭乘～　　タクシー 計程車

バス 公車　　こんしゅう 這週

乗(の)る 搭乘 第1類

請逐字唸三遍後，再練習寫下同樣的句子。

- ちかてつに 乗(の)ります。搭地下鐵。

TIP 動詞「のる」前方的受詞，其後方要連接助詞「に」。

- ゆうべは タクシーに 乗(の)った。昨晚搭了計程車。
- バスに 乗(の)りました。搭了公車。
- ちかてつは あまり 乗(の)らない。不常搭地下鐵。
- タクシーは あまり 乗(の)りません。不常搭計程車。
- こんしゅうは じてんしゃに 乗(の)らなかった。
這週沒騎腳踏車。
- せんしゅうは タクシーに 乗(の)りませんでした。
上週沒搭計程車。
- あそこで バスに 乗(の)って ください。請在那裡搭公車。
- あそこで バスに 乗(の)ろう。在那裡搭公車吧。
- あの こうえんでは じてんしゃに 乗(の)れる。那座公園裡能騎腳踏車。
- つかれたので タクシーに 乗(の)りたい。我累了，所以想搭計程車。

はいる 進入

學習日
/

第1類 第2類 第3類

はいる

請參考中文意思，並練習將動詞「はいる」變化成適當的形態，填入空格中。

・へやに ＿＿＿＿＿。 進房間。

・みみに みずが ＿＿＿＿。 耳朵進了水。

・これが やっと てに ＿＿＿＿＿＿。 終於得到這個了。

・あしに ちからが ＿＿＿＿＿。 腳沒有力氣。

・てに ちからが ＿＿＿＿＿＿。 手沒有力氣。

・しょくどうには ＿＿＿＿＿＿＿。 沒有進去食堂。

・きのうは おふろに ＿＿＿＿＿＿＿＿＿。
昨天沒有泡澡。

・その ほんは かばんの なかに ＿＿＿＿ います。
那本書放在包包裡。

・あの カフェに ＿＿＿＿。 進去那間咖啡廳吧。

・じゅうにじには きょうしつに ＿＿＿＿。
十二點就能進教室。

・ソウルだいがくに ＿＿＿＿＿。 我想進首爾大學。

新單字

みみ 耳朵　あし 腳　ちから 力氣
おふろ 浴室　おふろに はいる 泡澡　カフェ 咖啡廳
きょうしつ 教室　じゅうにじ １２點

入る（はい） 進入

第1類

60 MP3

請逐字唸三遍後，再練習寫下同樣的句子。

・へやに 入（はい）ります。進房間。

・みみに みずが 入（はい）った。耳朵進了水。

・これが やっと てに 入（はい）りました。終於得到這個了。

・あしに ちからが 入（はい）らない。腳沒有力氣。

・てに ちからが 入（はい）りません。手沒有力氣。

・しょくどうには 入（はい）らなかった。沒有進去食堂。

・きのうは おふろに 入（はい）りませんでした。
昨天沒有泡澡。

TIP 「おふろ」的意思為「浴缸」，加上動詞「はいる」，組成「おふろにはいる」，表示「泡澡」之意。

・その ほんは かばんの なかに 入（はい）って います。
那本書放在包包裡。

・あの カフェに 入（はい）ろう。進去那間咖啡廳吧。

・じゅうにじには きょうしつに 入（はい）れる。十二點就能進教室。

・ソウルだいがくに 入（はい）りたい。我想進首爾大學。

はく　穿（褲子、鞋子等）

學習日
/

第1類　第2類　第3類

はく

請參考中文意思，並練習將動詞「はく」變化成適當的形態，填入空格中。

・くつを ________。穿鞋子。

・スカートを ______。穿了裙子。

・ズボンを __________。穿了褲子。

・くつしたは ________。不穿襪子。

・うんどうぐつは あまり __________。不常穿運動鞋。

・くつしたは ____________。沒穿襪子。

・きのうは この ズボンを ______________。
昨天沒穿這件褲子。

・ブーツを ______ います。穿著靴子。

・きょうは この くつを ______。今天就穿這雙鞋吧。

・この ガラスの くつは ______。能穿進這雙玻璃鞋。

・らくな くつを ________。我想穿舒服的鞋。

新單字

スカート 裙子　　うんどうぐつ 運動鞋　　ブーツ 靴子
ガラス 玻璃　　らくな 舒服的

履（は）く 穿（褲子、鞋子等） 第1類

請逐字唸三遍後，再練習寫下同樣的句子。

・くつを 履（は）きます。穿鞋子。

・スカートを 履（は）いた。穿了裙子。

・ズボンを 履（は）きました。穿了褲子。

・くつしたは 履（は）かない。不穿襪子。

・うんどうぐつは あまり 履（は）きません。不常穿運動鞋。

・くつしたは 履（は）かなかった。沒穿襪子。

・きのうは この ズボンを 履（は）きませんでした。
昨天沒穿這件褲子。

・ブーツを 履（は）いて います。。穿著靴子。

・きょうは この くつを 履（は）こう。今天就穿這雙鞋吧。

・この ガラスの くつは 履（は）ける。能穿進這雙玻璃鞋。

・らくな くつを 履（は）きたい。我想穿舒服的鞋。

はじめる 開始

學習日
/

第1類 第2類 第3類

はじめる

請參考中文意思，並練習將動詞「はじめる」變化成適當的形態，填入空格中。

- じゅぎょうを ＿＿＿＿＿。開始上課。
- かいぎを ＿＿＿＿。會議開始了。
- こうえんを ＿＿＿＿＿＿。演講開始了。
- ごがつまで うんどうは ＿＿＿＿＿。五月前不會開始運動。
- しちがつまで こうじは ＿＿＿＿＿＿。七月前不會開始施工。
- ダイエットは ＿＿＿＿＿＿＿。沒開始減肥。
- しゅうしょくかつどうは ＿＿＿＿＿＿＿＿＿。沒開始找求職。
- れんしゅうを ＿＿＿＿ ください。請開始練習。
- すいえいを ＿＿＿＿＿。來開始游泳吧。
- いつでも ＿＿＿＿＿＿。隨時都能開始。
- そろそろ かいぎを ＿＿＿＿＿。我想差不多該開始開會。

新單字

じゅぎょう 課堂
しちがつ 7月
れんしゅう 練習
こうえん 演講
こうじ 施工
すいえい 游泳
ごがつ 5月
しゅうしょくかつどう 求職
そろそろ 快要、差不多該

始(はじ)める 開始

第2類

請逐字唸三遍後，再練習寫下同樣的句子。

・じゅぎょうを 始(はじ)めます。開始上課。

____。

・かいぎを 始(はじ)めた。會議開始了。

____。

・こうえんを 始(はじ)めました。演講開始了。

____。

・ごがつまで うんどうは 始(はじ)めない。五月前不會開始運動。

____。

・しちがつまで こうじは 始(はじ)めません。七月前不會開始施工。

____。

・ダイエットは 始(はじ)めなかった。沒開始減肥。

____。

・しゅうしょくかつどうは 始(はじ)めませんでした。
沒開始找求職。

____。

・れんしゅうを 始(はじ)めて ください。請開始練習。

____。

・すいえいを 始(はじ)めよう。來開始游泳吧。

____。

・いつでも 始(はじ)められる。隨時都能開始。

____。

・そろそろ かいぎを 始(はじ)めたい。我想差不多該開始開會。

____。

はしる 跑

學習日
/

第1類　第2類　第3類

はしる

請參考中文意思，並練習將動詞「はしる」變化成適當的形態，填入空格中。

- まいにち　こうえんを ＿＿＿＿＿。 每天都會在公園跑步。
- あさから　うんどうじょうを ＿＿＿＿。 一大早就開始在運動場跑步。
- まいあさ　さんじゅっぷんずつ ＿＿＿＿＿＿。 每天早上跑三十分鐘。
- きょうは　つかれて ＿＿＿＿＿。 今天很累所以不跑。
- あしが　いたくて ＿＿＿＿＿＿。 腳很痛所以不跑。
- こしが　いたくて ＿＿＿＿＿＿＿。 腰很痛所以沒跑。
- けさは　つかれて ＿＿＿＿＿＿＿＿＿。 今天早上很累，所以沒跑。
- けんこうの　ために ＿＿＿＿ います。 正在跑步維持健康。
- あの　こうえんまで ＿＿＿＿。 跑到那座公園吧。
- あの　ビルまで ＿＿＿＿。 能跑到那棟大樓。
- ダイエットの　ために ＿＿＿＿＿。 我想跑步減肥。

新單字

うんどうじょう 運動場	いたくて 疼痛的	こし 腰
ビル 大樓	けんこう 健康	～の ために 為了～

走(はし)る 跑 第1類

請逐字唸三遍後，再練習寫下同樣的句子。

・まいにち　こうえんを　走(はし)ります。每天都會在公園跑步。

・あさから　うんどうじょうを　走(はし)った。一大早就開始在運動場跑步。

・まいあさ　さんじゅっぷんずつ　走(はし)りました。
每天早上跑三十分鐘。

・きょうは　つかれて　走(はし)らない。今天很累所以不跑。

・あしが　いたくて　走(はし)りません。腳很痛所以不跑。

・こしが　いたくて　走(はし)らなかった。腰很痛所以沒跑。

・けさは　つかれて　走(はし)りませんでした。
今天早上很累，所以沒跑。

・けんこうの　ために　走(はし)って　います。正在跑步維持健康。

・あの　こうえんまで　走(はし)ろう。跑到那座公園吧。

・あの　ビルまで　走(はし)れる。能跑到那棟大樓。

・ダイエットの　ために　走(はし)りたい。我想跑步減肥。

はたらく 工作

學習日
/

第1類 第2類 第3類

はたらく

請參考中文意思，並練習將動詞「はたらく」變化成適當的形態，填入空格中。

・がっこうで ＿＿＿＿＿＿。 在學校工作。

・コンビニで ＿＿＿＿＿。 曾在便利商店工作。

・レストランで ＿＿＿＿＿＿＿。 曾在餐廳工作。

・あの ひとは ぜんぜん ＿＿＿＿＿＿。 那個人完全不工作。

・ふたりは ぜんぜん ＿＿＿＿＿＿＿。 兩個人完全不工作。

・せんしゅうは ＿＿＿＿＿＿＿＿。 上週沒工作。

・おとといは ＿＿＿＿＿＿＿＿＿＿。 前天沒工作。

・びょういんで ＿＿＿＿＿ います。 正在醫院裡工作。

・ぎんこうで ＿＿＿＿＿。 在銀行工作吧！

・この かいしゃでは がいこくじんも ＿＿＿＿＿。
這間公司外國人也能進來工作。

・デパートで ＿＿＿＿＿＿。 我想在百貨公司工作。

新單字

コンビニ 便利商店	レストラン 餐廳	びょういん 醫院
ぎんこう 銀行	がいこくじん 外國人	

働(はたら)く 工作 第1類

請逐字唸三遍後，再練習寫下同樣的句子。

・がっこうで 働(はたら)きます。在學校工作。

・コンビニで 働(はたら)いた。曾在便利商店工作。

・レストランで 働(はたら)きました。曾在餐廳工作。

・あの ひとは ぜんぜん 働(はたら)かない。那個人完全不工作。

・ふたりは ぜんぜん 働(はたら)きません。兩個人完全不工作。

・せんしゅうは 働(はたら)かなかった。上週沒工作。

・おとといは 働(はたら)きませんでした。前天沒工作。

・びょういんで 働(はたら)いて います。正在醫院裡工作。

・ぎんこうで 働(はたら)こう。在銀行工作吧！

・この かいしゃでは がいこくじんも 働(はたら)ける。
這間公司外國人也能進來工作。

・デパートで 働(はたら)きたい。我想在百貨公司工作。

はなす 說

學習日
/

第1類 第2類 第3類

はなす

請參考中文意思，並練習將動詞「はなす」變化成適當的形態，填入空格中。

・にほんごで ＿＿＿＿＿。 用日文說。

・スペインごで ＿＿＿＿。 用西班牙語說了。

・ぶちょうには ＿＿＿＿＿＿。 向部長說了。

・ははには ＿＿＿＿＿。 不會向媽媽說。

・ひみつは ぜったい ＿＿＿＿＿＿。 絕對不會說出秘密。

・たなかさんは ひとことも ＿＿＿＿＿＿＿。
田中先生一句話也沒說。

・ニュースに ついては ＿＿＿＿＿＿＿＿＿。
沒有談論新聞。

・くわしく ＿＿＿＿ ください。 請詳細說明。

・さとうさんにも ＿＿＿＿。 也和佐藤小姐說吧。

・えいごを ぺらぺら ＿＿＿＿。 能流暢地說英文。

・じけんに ついて ぜんぶ ＿＿＿＿＿。
我想說出所有關於案件的事。

新單字

スペインご 西班牙文	ぶちょう 部長	ひとこと 一句話
ニュース 新聞	くわしく 詳細地	ぺらぺら 流暢地

話(はな)す 說

第1類

請逐字唸三遍後，再練習寫下同樣的句子。

・にほんごで 話(はな)します。用日文說。

・スペインごで 話(はな)した。用西班牙語說了。

・ぶちょうには 話(はな)しました。向部長說了。

・ははには 話(はな)さない。不會向媽媽說。

・ひみつは ぜったい 話(はな)しません。絕對不會說出秘密。

・たなかさんは ひとことも 話(はな)さなかった。
田中先生一句話也沒說。

・ニュースに ついては 話(はな)しませんでした。
沒有談論新聞。

・くわしく 話(はな)して ください。請詳細說明。

・さとうさんにも 話(はな)そう。也和佐藤小姐說吧。

・えいごを ぺらぺら 話(はな)せる。能流暢地說英文。

・じけんに ついて ぜんぶ 話(はな)したい。我想說出所有關於案件的事。

はる 貼

學習日 /

第1類 第2類 第3類

はる

請參考中文意思，並練習將動詞「はる」變化成適當的形態，填入空格中。

・おしらせを ＿＿＿＿。 張貼公告。

・しゃしんを ＿＿＿。 貼了照片。

・かべに えを ＿＿＿＿＿。 把畫貼到了牆壁。

・まどには なにも ＿＿＿＿。 窗戶什麼都不會貼。

・れいぞうこに メモは ＿＿＿＿＿。 不會在冰箱貼便條紙。

・てがみに きってを ＿＿＿＿＿＿。 沒有在信上貼郵票。

・まどには なにも ＿＿＿＿＿＿＿＿。 窗戶上什麼都沒貼。

・この ちらしを ＿＿＿ ください。 請貼這份傳單。

・ここに ポスターを ＿＿＿。 把海報貼這裡吧。

・けいじばんには ちらしを ＿＿＿。 布告欄能貼傳單。

・えいがの ポスターを ＿＿＿＿。 我想貼電影的海報。

新單字

おしらせ 公告　　れいぞうこ 冰箱　　メモ 便條紙
きって 郵票　　ちらし 傳單　　ポスター 海報
けいじばん 布告欄

貼(は)る 貼 第1類

請逐字唸三遍後，再練習寫下同樣的句子。

・おしらせを 貼(は)ります。張貼公告。

____。

・しゃしんを 貼(は)った。貼了照片。

____。

・かべに えを 貼(は)りました。把畫貼到了牆壁。

____。

・まどには なにも 貼(は)らない。窗戶什麼都不會貼。

____。

・れいぞうこに メモは 貼(は)りません。
不會在冰箱貼便條紙。

____。

・てがみに きってを 貼(は)らなかった。沒有在信上貼郵票。

____。

・まどには なにも 貼(は)りませんでした。窗戶上什麼都沒貼。

____。

・この ちらしを 貼(は)って ください。請貼這份傳單。

____。

・ここに ポスターを 貼(は)ろう。把海報貼這裡吧。

____。

・けいじばんには ちらしを 貼(は)れる。布告欄能貼傳單。

____。

・えいがの ポスターを 貼(は)りたい。我想貼電影的海報。

____。

ひく 彈奏

學習日 /

第1類 第2類 第3類

ひく

請參考中文意思，並練習將動詞「ひく」變化成適當的形態，填入空格中。

・ギターを ＿＿＿＿。 彈吉他。

・ピアノを ＿＿＿。 彈了鋼琴。

・バイオリンを ＿＿＿＿＿。 拉了小提琴。

・ベースギターは ＿＿＿＿。 不彈貝斯。

・キーボードは ＿＿＿＿＿。 不彈鍵盤樂器。

・きのうは バイオリンを ＿＿＿＿＿＿。 昨天沒有拉小提琴。

・その ひは ギターを ＿＿＿＿＿＿＿＿。 那天沒有彈吉他。

・あさから ずっと ピアノを ＿＿＿ います。 早上開始就一直在彈鋼琴。

・たのしく キーボードを ＿＿＿。 開心地彈鍵盤樂器吧。

・トーマスは ベースギターが ＿＿＿。 湯瑪士會彈貝斯。

・いっしょに ギターを ＿＿＿＿。 我想一起彈吉他。

新單字

ギター 吉他　　バイオリン 小提琴　　ベースギター 貝斯

キーボード 鍵盤

弾(ひ)く 彈奏 第1類

請逐字唸三遍後，再練習寫下同樣的句子。

・ギターを 弾(ひ)きます。彈吉他。

。

・ピアノを 弾(ひ)いた。彈了鋼琴。

。

・バイオリンを 弾(ひ)きました。拉了小提琴。

。

・ベースギターは 弾(ひ)かない。不彈貝斯。.

。

・キーボードは 弾(ひ)きません。不彈鍵盤樂器。

。

・きのうは バイオリンを 弾(ひ)かなかった。昨天沒有拉小提琴。

。

・その ひは ギターを 弾(ひ)きませんでした。那天沒有彈吉他。

。

・あさから ずっと ピアノを 弾(ひ)いて います。
早上開始就一直在彈鋼琴。

。

・たのしく キーボードを 弾(ひ)こう。開心地彈鍵盤樂器吧。

。

・トーマスは ベースギターが 弾(ひ)ける。湯瑪士會彈貝斯。

。

・いっしょに ギターを 弾(ひ)きたい。我想一起彈吉他。

。

ふる 降下（雨、雪等）

學習日
/

第1類 第2類 第3類

ふる

請參考中文意思，並練習將動詞「ふる」變化成適當的形態，填入空格中。

・あめが ＿＿＿＿。下雨。

・ゆきが ＿＿＿。下雪了。

・ゆうべ おおあめが ＿＿＿＿＿。昨晚下了大雨。

・この まちは ゆきが ＿＿＿＿。這個城市不會下雪。

・この まちは あめしか ＿＿＿＿＿。這個城市只會下雨。

・さいきんは あめが ＿＿＿＿＿＿。最近沒下雨。

・さいきんは ゆきが ＿＿＿＿＿＿＿＿。最近沒下雪。

・おおあめが ＿＿＿ います。正在下大雨。

・あめが ＿＿＿ と して います。快下雨了。

新單字

あめ 雨　　ゆき 雪　　さいきん 最近

降(ふ)る 降下（雨、雪等）

第1類

請逐字唸三遍後，再練習寫下同樣的句子。

・あめが 降(ふ)ります。下雨。

____________________。

・ゆきが 降(ふ)った。下雪了。

____________________。

・ゆうべ おおあめが 降(ふ)りました。昨晚下了大雨。

____________________。

・この まちは ゆきが 降(ふ)らない。這個城市不會下雪。

____________________。

・この まちは あめしか 降(ふ)りません。這個城市只會下雨。

____________________。

・さいきんは あめが 降(ふ)らなかった。最近沒下雨。

____________________。

・さいきんは ゆきが 降(ふ)りませんでした。最近沒下雪。

____________________。

・おおあめが 降(ふ)って います。正在下大雨。

____________________。

・あめが 降(ふ)ろうと して います。快下雨了。

____________________。

まがる 轉彎、彎曲

學習日 /

第1類 第2類 第3類

まがる

請參考中文意思，並練習將動詞「まがる」變化成適當的形態，填入空格中。

・かどを _____。在轉角轉彎。

・こしが ____。彎了腰。

・ひだりに ______。向左轉。

・くびが _____。脖子不能彎。

・ひだりに ______。不左轉。

・きのう ゆびが _______。昨天手指不能彎。

・けがを して ゆびが _________。
受了傷，手指無法彎曲。

・あの かどを みぎに ____ ください。
請在那個轉角向右轉。

・ここで ひだりに ____。在這裡左轉吧。

・あそこで ひだりに ____。那裡可以左轉。

新單字

かど 轉角　ひだり 左邊　くび 脖子
ドライバー 司機　みぎ 右邊

曲（ま）がる　轉彎、彎曲

第1類

請逐字唸三遍後，再練習寫下同樣的句子。

・かどを　曲（ま）がります。在轉角轉彎。

・こしが　曲（ま）がった。彎了腰。

・ひだりに　曲（ま）がりました。向左轉。

・くびが　曲（ま）がらない。脖子不能彎。

・ひだりに　曲（ま）がりません。不左轉。

・きのう　ゆびが　曲（ま）がらなかった。
昨天手指不能彎。

・けがを　して　ゆびが　曲（ま）がりませんでした。
受了傷，手指無法彎曲。

・あの　かどを　みぎに　曲（ま）がって　ください。
請在那個轉角向右轉。

・ここで　ひだりに　曲（ま）がろう。在這裡左轉吧。

・あそこで　ひだりに　曲（ま）がれる。那裡可以左轉。

まつ 等待

學習日
/

第1類 第2類 第3類

まつ

請參考中文意思，並練習將動詞「まつ」變化成適當的形態，填入空格中。

・ともだちを ＿＿＿＿。 等朋友。

・ちちを ＿＿＿。 等了爸爸。

・にじかんはん ＿＿＿＿＿。 等了兩個半小時。

・もうにどと ＿＿＿＿。 不會再等第二次。

・これいじょう ＿＿＿＿＿。 不會再等下去。

・ごふんも ＿＿＿＿＿＿。 等不到五分鐘。

・あまり ＿＿＿＿＿＿＿＿。 幾乎沒等。

・ちょっと ＿＿＿ ください。 請稍等。

・えきの まえで ＿＿＿。 在車站前等吧。

・いちじかんは ＿＿＿。 一小時的話就能等。

・ここで ＿＿＿＿。 我想在這裡等。

新單字

にじかん 2小時　　これいじょう 再也（不）…　　ごふん 5分

待（ま）つ 等待

第1類

請逐字唸三遍後，再練習寫下同樣的句子。

- ともだちを 待（ま）ちます。等朋友。
- ちちを 待（ま）った。等了爸爸。
- にじかんはん 待（ま）ちました。等了兩個半小時。
- もうにどと 待（ま）たない。不會再等第二次。
- これいじょう 待（ま）ちません。不會再等下去。
- ごふんも 待（ま）たなかった。等不到五分鐘。
- あまり 待（ま）ちませんでした。幾乎沒等。
- ちょっと 待（ま）って ください。請稍等。
- えきの まえで 待（ま）とう。在車站前等吧。
- いちじかんは 待（ま）てる。一小時的話就能等。
- ここで 待（ま）ちたい。我想在這裡等。

みがく 刷淨、擦亮、磨練

學習日 /

第1類 第2類 第3類

みがく

請參考中文意思，並練習將動詞「みがく」變化成適當的形態，填入空格中。

・はを ＿＿＿＿＿。 刷牙。

・ガラスを きれいに ＿＿＿＿。 把玻璃擦得很乾淨。

・あさごはんを たべて はを ＿＿＿＿＿＿。 吃早餐後刷了牙。

・こどもが はを よく ＿＿＿＿＿。 小孩經常不刷牙。

・はブラシで はを ＿＿＿＿＿＿。 不用牙刷刷牙。

・なかむらさんは はを よく ＿＿＿＿＿＿＿。
中村先生牙刷得不夠徹底。

・えんそうの じつりょくを ＿＿＿＿＿＿＿＿＿。
不曾磨練演奏實力。

・ぎじゅつを ＿＿＿＿ います。 磨練技術。

・たのしく かんがえる ちからを ＿＿＿＿。
來鍛鍊快樂思考的能力吧。

・この はブラシで はが きれいに ＿＿＿＿。
這支牙刷能把牙齒刷得很乾淨。

新單字

は 牙齒　　はブラシ 牙刷　　えんそう 演奏
じつりょく 實力　　ぎじゅつ 技術

磨(みが)く 刷淨、擦亮、磨練 第1類

請逐字唸三遍後，再練習寫下同樣的句子。

・はを 磨(みが)きます。刷牙。

____。

・ガラスを きれいに 磨(みが)いた。把玻璃擦得很乾淨。

____。

・あさごはんを たべて はを 磨(みが)きました。吃早餐後刷了牙。

____。

・こどもが はを よく 磨(みが)かない。小孩經常不刷牙。

____。

・はブラシで はを 磨(みが)きません。不用牙刷刷牙。

____。

・なかむらさんは はを よく 磨(みが)かなかった。
中村先生牙刷得不夠徹底。

____。

・えんそうの じつりょくを 磨(みが)きませんでした。
不曾磨練演奏實力。

____。

・ぎじゅつを 磨(みが)いて います。磨練技術。

____。

・たのしく かんがえる ちからを 磨(みが)こう。
來鍛鍊快樂思考的能力吧。

____。

・この はブラシで はが きれいに 磨(みが)ける。
這支牙刷能把牙齒刷得很乾淨。

____。

みる 看

學習日
/

第1類 第2類 第3類

みる

請參考中文意思，並練習將動詞「みる」變化成適當的形態，填入空格中。

・アニメーションを ＿＿＿。 看動畫。

・いえで テレビを ＿＿。 在家看電視。

・ともだちと えいがを ＿＿＿＿。 和朋友看了電影。

・きよたさんは あるく とき まえを ＿＿＿。 清田先生走路時不會看前方。

・この ドラマは もう ＿＿＿＿。 不會再看這齣戲。

・この えいがは ＿＿＿＿＿。 沒看這部片。

・その ばんぐみは ＿＿＿＿＿＿＿。 沒看那個節目。

・あるく ときは まえを ＿＿ ください。 走路時請看前方。

・あたらしい アニメを ＿＿＿。 來看新的動畫吧。

・その えいがは こどもでも ＿＿＿＿。 那部電影小孩也能看。

・つまぶきさとしの あたらしい えいがが ＿＿＿。 我想看妻夫木聰的新電影。

新單字

アニメーション 動畫　テレビ 電視　ばんぐみ 節目

アニメ 動畫（略語）

見（み）る 看

第2類

請逐字唸三遍後，再練習寫下同樣的句子。

・アニメーションを 見（み）ます。看動畫。

____。

・いえで テレビを 見（み）た。在家看電視。

____。

・ともだちと えいがを 見（み）ました。和朋友看了電影。

____。

・きよたさんは あるく とき まえを 見（み）ない。
清田先生走路時不會看前方。

____。

・この ドラマは もう 見（み）ません。不會再看這齣戲。

____。

・この えいがは 見（み）なかった。沒看這部片。

____。

・その ばんぐみは 見（み）ませんでした。沒看那個節目。

____。

・あるく ときは まえを 見（み）て ください。走路時請看前方。

____。

・あたらしい アニメを 見（み）よう。來看新的動畫吧。

____。

・その えいがは こどもでも 見（み）られる。那部電影小孩也能看。

____。

・つまぶきさとしの あたらしい えいがが 見（み）たい。
我想看妻夫木聰的新電影。

____。

もつ 拿、擁有

學習日 /

第1類 第2類 第3類

もつ

請參考中文意思，並練習將動詞「もつ」變化成適當的形態，填入空格中。

- かばんを ＿＿＿＿。 拿包包。
- にほんごに きょうみを ＿＿＿。 對日文有興趣。
- クリスさんに こうかんを ＿＿＿＿＿。 對克里斯有好感。
- シンプルライフの ために なにも ＿＿＿＿。 為了過簡約生活什麼都不擁有。
- うらみは ＿＿＿＿＿。 不懷恨意。
- ぜんぜん ぎもんを ＿＿＿＿＿＿。 完全沒有疑問。
- いい いんしょうを ＿＿＿＿＿＿＿＿。 沒有好印象。
- おもい かばんを ＿＿＿ います。 拿著很重的包包。
- しずかに かんがえる じかんを ＿＿＿。 給自己安靜思考的時間吧。
- まだ きぼうが ＿＿＿。 還握有希望。
- じぶんの みせを ＿＿＿＿。 我想要擁有自己的店。

新單字

きょうみ 興趣	こうかん 好感	シンプルライフ 簡約生活
うらみ 恨意	ぎもん 疑問	わるい 壞的
いんしょう 印象	おもい 重的	

持(も)つ 拿、擁有 第1類

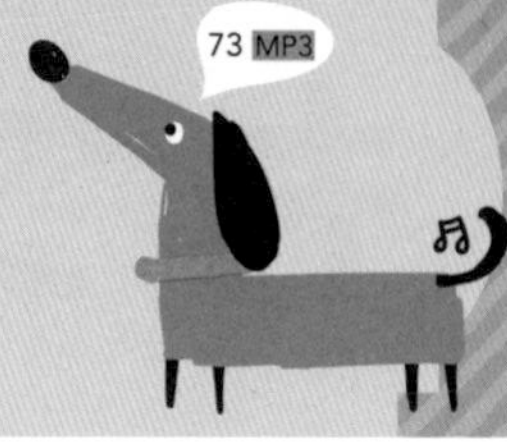

請逐字唸三遍後，再練習寫下同樣的句子。

・かばんを 持(も)ちます。拿包包。

・にほんごに きょうみを 持(も)った。對日文有興趣。

・クリスさんに こうかんを 持(も)ちました。對克里斯有好感。

・シンプルライフの ために なにも 持(も)たない。
為了過簡約生活什麼都不擁有。

・うらみは 持(も)ちません。不懷恨意。

・ぜんぜん ぎもんを 持(も)たなかった。完全沒有疑問。

・いい いんしょうを 持(も)ちませんでした。沒有好印象。

・おもい かばんを 持(も)って います。拿著很重的包包。

・しずかに かんがえる じかんを 持(も)とう。給自己安靜思考的時間吧。

・まだ きぼうが 持(も)てる。還握有希望。

・じぶんの みせを 持(も)ちたい。我想要擁有自己的店。

もらう 接收

學習日 /

第1類 第2類 第3類

もらう

請參考中文意思，並練習將動詞「もらう」變化成適當的形態，填入空格中。

・プレゼントを ＿＿＿＿＿。收禮物。

・おみやげを ＿＿＿＿。收到了伴手禮。

・チケットを ＿＿＿＿＿＿。收到票。

・いらない じょうほうは ＿＿＿＿＿。不接收不需要的資訊。

・おかねは ＿＿＿＿。不收錢。

・きゅうりょうは ＿＿＿＿＿＿＿。沒領到薪水。

・メールは ＿＿＿＿＿＿＿＿＿。沒收到電子郵件。

・くわしい しりょうを ＿＿＿＿ ください。請收下詳細資料。

・クーポンを ＿＿＿＿。來領個優惠券吧。

・この クーポンで デザートが ＿＿＿＿。這張券能用來領甜點。

・バレンタインに チョコを ＿＿＿＿＿。我想在情人節收到巧克力。

新單字

おみやげ 伴手禮　きゅうりょう 薪水　くわしい 詳細的
じょうほう 資訊　しりょう 資料　バレンタイン 情人節
チョコ 巧克力

もらう 接收 第1類

請逐字唸三遍後，再練習寫下同樣的句子。

・プレゼントを もらいます。收禮物。

____。

・おみやげを もらった。收到了伴手禮。

____。

・チケットを もらいました。收到票。

____。

・いらない じょうほうは もらわない。不接收不需要的資訊。

____。

・おかねは もらいません。不收錢。

____。

・きゅうりょうは もらわなかった。沒領到薪水。

____。

・メールは もらいませんでした。沒收到電子郵件。

____。

・くわしい しりょうを もらって ください。請收下詳細資料。

____。

・クーポンを もらおう。來領個優惠券吧。

____。

・この クーポンで デザートが もらえる。
這張券能用來領甜點。

____。

・バレンタインに チョコを もらいたい。我想在情人節收到巧克力。

____。

やすむ 休息、休假

學習日 /

第1類 第2類 第3類

やすむ

請參考中文意思，並練習將動詞「やすむ」變化成適當的形態，填入空格中。

・いえで ＿＿＿＿＿。 在家休息。

・びょうきで かいしゃを ＿＿＿＿。 生病請假沒去公司。

・きのうは かぜで がっこうを ＿＿＿＿＿＿。
感冒請假沒去學校。

・あの レストランは ぜんぜん ＿＿＿＿＿。
那間餐廳完全不會休息。

・とやまさんは かぜでも ぜったい ＿＿＿＿＿＿。
富山先生即使感冒也絕對不休息。

・じゅうねんかん ＿＿＿＿＿＿＿。 十年沒休過假。

・きょねんは いちにちも ＿＿＿＿＿＿＿＿＿。
去年連一天假也沒休。

・あたたかい へやで ＿＿＿＿ ください。 請在溫暖的房間休息。

・ちょっと ベンチで ＿＿＿＿。 稍微在長椅休息一下吧。

・この しゅうまつには ＿＿＿＿。 這個週末能休息。

・ゆっくりと ＿＿＿＿＿。 我想慢慢休息。

新單字

びょうき 生病　　じゅうねんかん １０年間　　いちにち １天

あたたかい 溫暖的

休(やす)む 休息、休假 第1類

請逐字唸三遍後，再練習寫下同樣的句子。

- いえで 休(やす)みます。在家休息。
- びょうきで かいしゃを 休(やす)んだ。生病請假沒去公司。
- かぜで がっこうを 休(やす)みました。感冒請假沒去學校。
- あの レストランは ぜんぜん 休(やす)まない。那間餐廳完全不會休息。
- とやまさんは かぜでも ぜったい 休(やす)みません。富山先生即使感冒也絕對不休息。
- じゅうねんかん 休(やす)まなかった。十年沒休過假。
- きょねんは いちにちも 休(やす)みませんでした。去年連一天假也沒休。
- あたたかい へやで 休(やす)んで ください。請在溫暖的房間休息。
- ちょっと ベンチで 休(やす)もう。稍微在長椅休息一下吧。
- この しゅうまつには 休(やす)める。這個週末能休息。
- ゆっくりと 休(やす)みたい。我想慢慢休息。

よぶ 呼叫

第1類 第2類 第3類

よぶ

請參考中文意思，並練習將動詞「よぶ」變化成適當的形態，填入空格中。

・いもうとを ＿＿＿＿。叫妹妹。

・おとうとを ＿＿＿。叫了弟弟。

・ははを ＿＿＿＿＿。叫了媽媽。

・ちちは ＿＿＿＿。不叫爸爸。

・あねは ＿＿＿＿＿。不會叫姊姊。

・あには ＿＿＿＿＿＿。沒叫哥哥。

・きしゃは ＿＿＿＿＿＿＿＿。沒有叫記者。

・けいさつを ＿＿＿ います。正在叫警察。

・いもうとを ＿＿＿。叫一下妹妹吧。

・おおきい こえで ＿＿＿。能大聲呼叫。

・けいさつを ＿＿＿＿。我想叫警察。

新單字

あね 姊姊　あに 哥哥　けいさつ 警察

きしゃ 記者　おおきい 大的

呼(よ)ぶ 呼叫 第1類

請逐字唸三遍後，再練習寫下同樣的句子。

・いもうとを 呼(よ)びます。叫妹妹。

・おとうとを 呼(よ)んだ。叫了弟弟。

・ははを 呼(よ)びました。叫了媽媽。

・ちちは 呼(よ)ばない。不叫爸爸

・あねは 呼(よ)びません。不會叫姊姊。

・あには 呼(よ)ばなかった。沒叫哥哥。

・きしゃは 呼(よ)びませんでした。沒有叫記者。

・けいさつを 呼(よ)んで います。正在叫警察。

・いもうとを 呼(よ)ぼう。叫一下妹妹吧。

・おおきい こえで 呼(よ)べる。能大聲呼叫。

・けいさつを 呼(よ)びたい。我想叫警察。

よむ 閱讀

學習日 /

第1類 第2類 第3類

よむ

請參考中文意思，並練習將動詞「よむ」變化成適當的形態，填入空格中。

- ほんを ＿＿＿＿。 看書。
- てがみを ＿＿＿。 看了信。
- けさ しんぶんを ＿＿＿＿＿。 今天早上看了報紙。
- しんぶんは ぜんぜん ＿＿＿＿。 完全不看報紙。
- ほんは ぜんぜん ＿＿＿＿＿。 完全不看書。
- その きじは ＿＿＿＿＿＿。 沒看那篇報導。
- かれの ほんは ＿＿＿＿＿＿＿＿。 沒讀過他的書。
- その てがみを ＿＿＿ ください。 請看那封信。
- いえで まんがを ＿＿＿。 在家看漫畫吧。
- ゆりさんは かんじが ＿＿＿。 百合小姐看得懂漢字。
- ギャグまんがが ＿＿＿＿。 我想看搞笑漫畫。

新單字

しんぶん 報紙　　きじ 報導　　まんが 漫畫

かんじ 漢字　　ギャグまんが 搞笑漫畫

読(よ)む 閱讀 第1類

請逐字唸三遍後，再練習寫下同樣的句子。

- ほんを 読(よ)みます。看書。
- てがみを 読(よ)んだ。看了信。
- けさ しんぶんを 読(よ)みました。今天早上看了報紙。
- しんぶんは ぜんぜん 読(よ)まない。完全不看報紙。
- ほんは ぜんぜん 読(よ)みません。完全不看書。
- その きじは 読(よ)まなかった。沒看那篇報導。
- かれの ほんは 読(よ)みませんでした。沒讀過他的書。
- その てがみを 読(よ)んで ください。請看那封信。
- いえで まんがを 読(よ)もう。在家看漫畫吧。
- ゆりさんは かんじが 読(よ)める。百合小姐看得懂漢字。
- ギャグまんがが 読(よ)みたい。我想看搞笑漫畫。

わかる 知道、了解

學習日
/

第1類 第2類 第3類

わかる

請參考中文意思，並練習將動詞「わかる」變化成適當的形態，填入空格中。

- めんどうくさいのは ＿＿＿＿＿。 知道很麻煩。
- その きもちは よく ＿＿＿＿。 很了解那份心情。
- じこの げんいんが ＿＿＿＿＿＿。 知道事故原因了。
- パスワードが ＿＿＿＿＿。 不知道密碼。
- この しつもんの こたえが ＿＿＿＿＿＿。 不曉得這個問題的答案。
- つかいかたが ＿＿＿＿＿＿＿。 不曉得用法。
- サイズが ＿＿＿＿＿＿＿＿＿。 不曉得尺寸。
- その くらいは ＿＿＿＿ います。 這種程度我懂。

新單字

めんどうくさい 麻煩的　きもち 心情　じこ 事故
パスワード 密碼　つかいかた 用法　くらい （像…）的程度

分(わ)かる 知道、了解 第1類

請逐字唸三遍後，再練習寫下同樣的句子。

・めんどうくさいのは 分(わ)かります。知道很麻煩。

________________________________。

・その きもちは よく 分(わ)かった。很了解那份心情。

________________________________。

・じこの げんいんが 分(わ)かりました。知道事故原因了。

________________________________。

・パスワードが 分(わ)からない。不知道密碼。

________________________________。

・この しつもんの こたえが 分(わ)かりません。
不曉得這個問題的答案。

________________________________。

・つかいかたが 分(わ)からなかった。不曉得用法。

________________________________。

・サイズが 分(わ)かりませんでした。不曉得尺寸。

________________________________。

・その くらいは 分(わ)かって います。這種程度我懂。

________________________________。

わすれる 忘記

學習日 /

第1類 第2類 第3類

わすれる

請參考中文意思，並練習將動詞「わすれる」變化成適當的形態，填入空格中。

・やくそくを ＿＿＿＿＿。 忘記約定。

・しゅくだいを ＿＿＿＿。 忘了功課。

・ IDと パスワードを ＿＿＿＿＿＿。 忘了帳號和密碼。

・たのしい おもいでは ＿＿＿＿＿。 開心的回憶是不會忘的。

・すずきさんの しんせつは いっしょう ＿＿＿＿＿＿。
一輩子都不會忘記鈴木先生的親切。

・さいごまで えがおを ＿＿＿＿＿＿＿。
沒忘記保持笑容到最後一刻。

・もくひょうを ＿＿＿＿＿＿＿＿＿。 沒忘記目標。

・かさを すっかり ＿＿＿＿ いた。 完全忘了傘。

・その じけんは もう ＿＿＿＿＿。 那起事件就忘了吧。

・じゅうねんごには ＿＿＿＿＿＿。 十年後會被遺忘。

・むかしの ことは ぜんぶ ＿＿＿＿＿。 以前的事我想全部忘記。

新單字

やくそく 約定　たのしい 開心的　おもいで 回憶
かさ 傘　じゅうねん 10年　～ご ～後
むかし 以前

忘（わす）れる 忘記 第2類

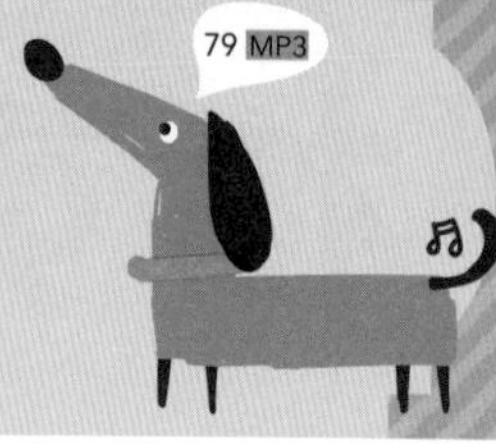

請逐字唸三遍後，再練習寫下同樣的句子。

・やくそくを 忘（わす）れます。忘記約定。

・しゅくだいを 忘（わす）れた。忘了功課。

・IDと パスワードを 忘（わす）れました。忘了帳號和密碼。

・たのしい おもいでは 忘（わす）れない。開心的回憶是不會忘的。

・すずきさんの しんせつは いっしょう 忘（わす）れません。
一輩子都不會忘記鈴木先生的親切。

・さいごまで えがおを 忘（わす）れなかった。沒忘記保持笑容到最後一刻。

・もくひょうを 忘（わす）れませんでした。沒忘記目標。

・かさを すっかり 忘（わす）れて いた。完全忘了傘。

・その じけんは もう 忘（わす）れよう。那起事件就忘了吧。

・じゅうねんごには 忘（わす）れられる。十年後會被遺忘。

・むかしの ことは ぜんぶ 忘（わす）れたい。以前的事我想全部忘記。

わたす 遮交

學習日
/

第1類 第2類 第3類

わ た す

請參考中文意思，並練習將動詞「わたす」變化成適當的形態，填入空格中。

・しおを ＿＿＿＿＿。遞鹽。

・さとうを ＿＿＿＿。遞了糖。

・ほんを ＿＿＿＿＿＿。遞了書。

・しょうこは ＿＿＿＿＿。不會交出證據。

・わたしの おにぎりは ＿＿＿＿＿＿。不會交出我的飯糰。

・バレンタインチョコを ＿＿＿＿＿＿＿。沒給情人節巧克力。

・じゅうような データは ＿＿＿＿＿＿＿＿＿。
沒給重要的檔案。

・この てがみを もりさんに ＿＿＿＿ください。
請把這封信交給森先生。

・すきな ひとに チョコレートを ＿＿＿＿。送巧克力給喜歡的人吧。

・USBメモリで データを かんたんに ＿＿＿＿。
檔案用隨身碟就能輕鬆傳遞。

・まきさんに チョコレートを ＿＿＿＿＿。我想給牧小姐巧克力。

新單字

しお 鹽
じゅうような 重要的
バレンタインチョコ 情人節巧克力
しょうこ 證據
データ 檔案
チョコレート 巧克力
おにぎり 飯糰
USBメモリ 隨身碟

渡(わた)す 遮交

第1類

請逐字唸三遍後，再練習寫下同樣的句子。

・しおを 渡(わた)します。遞鹽。

________________________________。

・さとうを 渡(わた)した。遞了糖。

________________________________。

・ほんを 渡(わた)しました。遞了書。

________________________________。

・しょうこは 渡(わた)さない。不會交出證據。

________________________________。

・わたしの おにぎりは 渡(わた)しません。不會交出我的飯糰。

________________________________。

・バレンタインチョコを 渡(わた)さなかった。沒給情人節巧克力。

________________________________。

・じゅうような データは 渡(わた)しませんでした。沒給重要的檔案。

________________________________。

・この てがみを もりさんに 渡(わた)して ください。
請把這封信交給森先生。

________________________________。

・すきな ひとに チョコレートを 渡(わた)そう。送巧克力給喜歡的人吧。

________________________________。

・USBメモリで データを かんたんに 渡(わた)せる。
檔案用隨身碟就能輕鬆傳遞。

________________________________。

・まきさんに チョコレートを 渡(わた)したい。我想給牧小姐巧克力。

________________________________。

附錄

一目瞭然動詞基礎變化表

一目瞭然動詞分類

一目瞭然單字索引

一目瞭然動詞基礎變化表

	辭書形	～ます 敬體	～ました 敬體過去式	～ません 不～	～ませんでした 沒有～（過去式）
第1類	会(あ)う 見面	会(あ)います 見面	会(あ)いました 見了面	会(あ)いません 不見面	会(あ)いませんでした 沒見面
	勝(か)つ 贏	勝(か)ちます 贏	勝(か)ちました 贏了	勝(か)ちません 不贏	勝(か)ちませんでした 沒贏
	座(すわ)る 坐	座(すわ)ります 坐	座(すわ)りました 坐了	座(すわ)りません 不坐	座(すわ)りませんでした 沒坐
	死(し)ぬ 死	死(し)にます 死	死(し)にました 死了	死(し)にません 不死	死(し)にませんでした 沒死
	遊(あそ)ぶ 玩	遊(あそ)びます 玩	遊(あそ)びました 玩了	遊(あそ)びません 不玩	遊(あそ)びませんでした 沒玩
	飲(の)む 喝	飲(の)みます 喝	飲(の)みました 喝了	飲(の)みません 不喝	飲(の)みませんでした 沒喝
	歩(ある)く 走	歩(ある)きます 走	歩(ある)きました 走了	歩(ある)きません 不走	歩(ある)きませんでした 沒走
	泳(およ)ぐ 游泳	泳(およ)ぎます 游泳	泳(およ)ぎました 游了泳	泳(およ)ぎません 不游泳	泳(およ)ぎませんでした 沒游泳
	話(はな)す 說	話(はな)します 說	話(はな)しました 說了	話(はな)しません 不說	話(はな)しませんでした 沒說
	帰(かえ)る 回去	帰(かえ)ります 回去	帰(かえ)りました 回去了	帰(かえ)りません 不回去	帰(かえ)りませんでした 沒回去
第2類	見(み)る 看	見(み)ます 看	見(み)ました 看了	見(み)ません 不看	見(み)ませんでした 沒看
	食(た)べる 吃	食(た)べます 吃	食(た)べました 吃了	食(た)べません 不吃	食(た)べませんでした 沒吃
第3類	する 做	します 做	しました 做了	しません 不做	しませんでした 沒做
	来(く)る 來	来(き)ます 來	来(き)ました 來了	来(き)ません 不來	来(き)ませんでした 沒來

～ない 不～	～なかった 沒～（過去式）	～よう ～吧	～られる 能～	～たい 想～
会(あ)わない 不見面	会(あ)わなかった 沒見面	会(あ)おう 見個面吧	会(あ)える 能見面	会(あ)いたい 想見面
勝(か)たない 不贏	勝(か)たなかった 沒贏	勝(か)とう 贏吧	勝(か)てる 能贏	勝(か)ちたい 想贏
座(すわ)らない 不坐	座(すわ)らなかった 沒坐	座(すわ)ろう 坐吧	座(すわ)れる 能坐	座(すわ)りたい 想坐
死(し)なない 不死	死(し)ななかった 沒死	死(し)のう 死吧	死(し)ねる 能死	死(し)にたい 想死
遊(あそ)ばない 不玩	遊(あそ)ばなかった 沒玩	遊(あそ)ぼう 玩吧	遊(あそ)べる 能玩	遊(あそ)びたい 想玩
飲(の)まない 不喝	飲(の)まなかった 沒喝	飲(の)もう 喝吧	飲(の)める 能喝	飲(の)みたい 想喝
歩(ある)かない 不走	歩(ある)かなかった 沒走	歩(ある)こう 走吧	歩(ある)ける 能走	歩(ある)きたい 想走
泳(およ)がない 不游泳	泳(およ)がなかった 沒游泳	泳(およ)ごう 游泳吧	泳(およ)げる 能游泳	泳(およ)ぎたい 想游泳
話(はな)さない 不說	話(はな)さなかった 沒說	話(はな)そう 說吧	話(はな)せる 能說	話(はな)したい 想說
帰(かえ)らない 不回去	帰(かえ)らなかった 沒回去	帰(かえ)ろう 回去吧	帰(かえ)れる 能回去	帰(かえ)りたい 想回去
見(み)ない 不看	見(み)なかった 沒看	見(み)よう 看吧	見(み)れる 能看	見(み)たい 想看
食(た)べない 不吃	食(た)べなかった 沒吃	食(た)べよう 吃吧	食(た)べられる 能吃	食(た)べたい 想吃
しない 不做	しなかった 沒做	しよう 做吧	できる 能做	したい 想做
来(こ)ない 不來	来(こ)なかった 沒來	来(こ)よう 來吧	来(こ)られる 能來	来(き)たい 想來

一目瞭然動詞分類

第1類動詞

第 3 類動詞

一目瞭然單字索引

あ

か

さ

な

ま

や